老年の豊かさについて

キケロ 著
八木誠一
八木綾子 訳

文庫

本書は一九九九年五月三〇日法藏館より刊行された。

文庫版へのまえがき

本書の初版が出てから二十年がたち、その間わが国の少子高齢化は一層進行した。問題になっているのは、老人のための施設の運営や介護人の不足、一般的な人手不足や移民の受け入れ、将来にわたる年金減少など社会レベルの事柄である。各人が老年とどのように向き合うかという問題はほとんど無視されている。マスコミが話題にするのも、儲けることと勝つことと娯楽ばかりで、これまた老人にはあまり縁がない。これは現代が政治と経済中心に運営されていて「こころの問題」が忘却されている風潮と軌を一にする。しかし、「こころの問題」が失せたわけではなく、実は無視されているだけ一層深刻になっているのである。

さて古典というものには、思想と文学の領域では、いまなお読むに値いする作品が少なくないのだが、キケロの『老年論』にも、二千年以上の時と東西の距離を隔てて、なるほどと深く頷かせるものがある。訳者としては、付録「私の老年論」に記したように、「自然」ということに共感するところが大である。特に老いと死が「自然」と捉えられているのは注目に価する。「自然」の尊重は東洋特有のものではなく、古代西洋にもあったのだ。ここには自然の無視と破壊へと突き進む近代への批判が秘められている。

本書の初版が出たときには前期高齢者になりたてだった訳者も、いまは後期高齢者で、それも先頭に近い。老年についてものを言いやすくなったいま、キケロ『老年論』への賛として書き加えた次第である。

八木誠一

はしがき

気がついたら老境に入っていた。気の早い友人はぼつぼつ旅立ち始め、からだの故障にいたっては、無いという人のほうが珍しい。かくいう私ども夫婦も、共に癌の経験者、いつまで二本足で歩いていられるか定かでない。よって人並みに働けるうちに、なにか老境にふさわしい仕事をしてみようかと思い立ったのが、キケロ『老年論』の翻訳である。わが国はやがて世界有数の老人国になることだし、老年もさまざまに論じられている状況だから、この分野での古典の訳も、本邦初訳というわけではないけれど、まんざら無駄ではあるまいと考えたわけで、幸い法蔵館が出版を引き受けてくれた。

キケロの『老年論』は、冒頭部分は別として、大変読みやすい著作だが、とにかく古典だから、現代への橋渡しが必要だし、編集部も、ほんとうに老年もなかなか捨てたものではないと思うなら、自分の老年論を書いてみろというから、それならばと乗ったのが「私の老年論」である。こんにちキケロを読む上で、なにかの参考になろうか。

訳は、原意を損なわない範囲で、読みやすさ第一を心がけたが、説明もあったほうがよかろうと、解説を巻頭に、簡単な注を章ごとに、人名・地名解説その他をまとめて巻末に、つけておいた。これらはいちいち参照しなくても十分通読可能だが、特に興味のある方はそのつど見ていただきたい。

老年の楽しみなどとっくに知っているとおっしゃる方も多かろうが、暇な午後などの一時を、この訳で娯しんでいただけたら望外の幸せだし、またこの本は、若者によき老年を迎える準備をはやばやと説く面もあるので、奇特な若い人のためにもなればと願う次第である。

八木誠一
綾子

目次

老年の豊かさについて

解説　『老年論』について

『老年論』（De Senectute）はキケロの代表的著作のひとつである。キケロ自身がこの著作に愛着と自信をもっていた。実際、これは老年論の古典として現代まで長く読みつがれている。さて『老年論』はキケロが晩年、カエサルとポンペイウスとの政争に巻き込まれ、失脚して隠遁していたとき書かれたものである（「キケロについて」参照）。著作年は前四五年―四四年ごろと思われる。この著作でキケロは、ふたりの若者スキピオとラエリウスを聞き手として、自説を大カトーに語らせる（この三人については「登場人物について」参照）。構成はまず序言としてアッティクスへの献呈の辞があり、それから本論として、ふたりの若者を相手とするカトーの談話がくる。

ここでカトーは、まず幸福な老年の実例をあげ、次に、老年に関する四つの悲観的通念（1、老人にはすることがない。2、老人には体力がない。3、老人には楽しみがない。4、老人は死に直面している）に反論する。その内容は明快でわかりやすく、二千年以上をへだてた現代人にも十分通じるのは実に驚くべきことである。さてキケロはこの著作を、主要な話し手である大カトーの名前をとって『大カトー』（Cato Maior）と、また内容から『老年について』と呼んだ。現在では通常『大カトー・老年について』と称されている。

キケロ自身は老年論を「哲学」と称しているが（「献辞」二）、これは倫理学上「幸福論」とよばれるジャンルの作品である（むろん、倫理学は伝統的には哲学の一部門であった）。全体を通じる趣旨は、人間は老いて死ぬようになっているのであって、それが自然であり、自然がもたらすものは善であり、また自然に従うことが善だということである。この「自然」概念は中世以降の西洋よりも、東洋古来の「自然」観に近いのが注目される（「私の老年論」参照）。キケロは単に以上のことを述べるだけではなく、老年の幸福を実例をあげて論証しようと努めている。

一般に老年論を読むのは老人だろうし、「献呈の辞」（二）からわかるように、キケロも老人に向かって老年の幸福を説いているのではあるが、大カトーが二人の若者に老年について語るという構成からも見られるように、キケロは青年に対して若いうちから善き老年を迎える準備をするよう勧めている面がある。

実際「この談話全体で私が称賛しているのは、青年期の基礎の上に築かれた老年であることをくれぐれも忘れないでほしい……青年期、壮年期を立派に生きた者が……最後の実りを手に入れるのだ」（六二）と言われている。この意味では、この『老年論』は若者のために書かれたとさえ言うことができよう。

ところで現代の立場からみると、まずこの老年論には女性が全く言及されていない。また、ある意味では当然のことながら、老人の一人暮らし、さらに病気、生活苦、介護の必要などについても、何も語られていない。要するに、社会問題としての老年という視点は欠けている。問題とされているのはもっぱら老人当人の心がけである。実は、老人問題は社会問題であり、かつ、当人の心がけまた責任の事柄なのだが、現代はキケロとは逆の一面に偏していて、人生の幸福についても、とかく万事が社会の責任、政治の責任に帰せられている。まさにこの意味でキケロの「老年の幸福」論は、「自然」と同様、現代が見失いがちな一面を正面から呈示しているのであって、この点にこの古典的幸福論の現代的意味があろう。

キケロの『老年論』は、わが国ではすでに吉田正通訳で岩波書店から（文庫、一九五〇）、呉茂一・重田綾子共訳で河出書房新社から（世界大思想全集、哲学・文芸思想篇三、一九五九）出ている。ここにあえて新しい訳を試みたのは、上記の訳がすでに絶版となっているからでもあるが、いまの人に読みやすい日本語訳が望まれると思うからである。したがって本訳は逐語訳的な直訳を避け、わかりやすい口語に直すことを心がけた。なお語学と歴史の面は主として綾子が、訳文の面は主として誠一が、担当した。

老年論

キケロ

献辞

第一章

（一）「ティトゥス様、もしも私が何とかお助けして、今あなた様の胸に突き刺さり、あなた様をおびやかし苦しめている心配事を軽くして差し上げられましたら、どんなご褒美が頂けましょうか」。

さてティトゥス・アッティクス君、これはエンニウスの詩のなかで「あの貧乏だが誠実な羊飼い」がティトゥス・フラミニヌスに話しかけた言葉[1]だが、君の名もティトゥスだから、私も同じ言葉で君に話しかけることができるわけだ。もちろん君がティトゥス・フラミニヌスのように「日夜かくも悩まされて」おられないのはよくわかっている。私は君の心が穏やかで平静なのを知っているし、君がアテネから単にアッティクスという副名[2]だけでなく、教養と良識を持ち帰られたことも承知している。とはいえ君は時折私同様、現今の政治情勢[3]にひどく心を痛めておられるのではなかろうか。しかしこれは大問題で、それについて慰め合うのは別の機会に譲らなければならない。

(二) そこで今は君のために老年について一文を草するのがよいと思われる。というのは君と私の共通の重荷——つまり、すでに差し迫っているか、あるいは確実に到来するであろう老年という重荷——から、私も君と一緒に解放されたいからだ。確かに君はこの重荷に、他のすべてのことと同様、愚痴もこぼさず賢人にふさわしく、今も耐えておられるし、これからも耐えてゆかれるに違いない。しかし私が老年について何か書きたくなったとき、私の老年論を贈るのにふさわしい人、私と一緒にそれを楽しんでくれる人は、まず君だと思ったのだ。実は私にとってこの著作はまことに楽しいもので、書くほどに老年のあらゆる煩わしさが失せたばかりか、老年が平和で愉快なものにさえなったのである。ほんとうに哲学はいくら称賛しても、し過ぎることはないものだ。哲学する者は生涯のあらゆる時を苦痛なしに過ごすことができるのだ。

(三) 他のことについては私はすでに多くを語ってきたし、これからも語るつもりだ。君に贈るこの本はほかならぬ老年論である。さて、かつてケオスの哲学者アリストー(4)は老年論をティトーノスに語らせたものだが、私はそういうことはしない。なぜなら、神話には十分な権威がないではないか。私はこの議論をより権威あるものとするために、老マルクス・カトーに語らせることにする。カトー邸が舞台で、若いラエリウスとスキピオが話し相手になるわけだ。両人がまず、カトーは老年をまるで苦にしていないと言って称賛すると、カトーは二人に答えて語り出すことになる。その際、もしカトーの話し方が、彼自身が書いたものより博識にみえたら、それは周知のごとく、彼が晩年に勉強したギリシャ文学のせいだと考えていただきたい。さあ、前置きはもうこれで十分。以下でカトーの言葉が老年に関する私の意見をすべて明らかにするであろう。

（1）「ティトゥス様……」の引用はエンニウスの『年代記』第一〇巻からで、ここで道案内の羊飼いが、マケドニアのフィリッポス五世と戦っていたティトゥス・クイントゥス・フラミニヌスに引用のように話しかける。キケロはその言葉を借りてティトゥス・ポンポニウス・アッティクスに話しかけている。

（2）「副名」ローマ人の男性の名前は個人名・氏族名・家名の順で示された。大きな勲功のあった人にはさらに異名（添え名）がつけられた。また、その家系の一員の渾名（副名）が転化して家名となることもしばしばだった。アッティクスという副名は彼が長くアテネに住んだこととアテネに対する彼の功績からきた。「キケロ」という名も渾名が家名となった一例である。『プルターク英雄伝』第一〇巻（河野与一訳、岩波文庫）によると、キケルとは豆の一種で、鼻先にキケル状のものがあったある有名人がキケロと渾名され、それ以来この家系の人は好んでキケロを称した。本書の著者も、改名をすすめられたのに、キケロという家名をカトゥルス（子犬）家より有名にするのだと威張ってみせたという。

（3）「現今の政治情勢」この作品の正確な制作年代は明らかではないが、前四五年末から四四年初めに書かれたといわれる。前四九年、元老院との間が決裂したカエサルはルビコン川を渡りローマに進撃。前四八年、元老院派のポンペイウスはカエサルに敗れてエジプトに逃れ、そこで暗殺された。カエサルは前四六年、タプススの激戦で元老院派の残党に止めを刺すと、事実上の独裁者となった。前四四年三月、終身独裁官となった彼はブルートゥスらの共和主義者によって暗殺される。しかし共和政の擁護者として歓呼されるという彼らの期待ははずれ、単なる暗殺者として扱われることとなった。カエサル暗殺の報に、海外遊学中であった甥のオクタウィアヌスは急遽帰国、翌年（前四三年）秋までオクタウィアヌス、アントニウス、元老院を代表するキケロの三者間で、言論と武力による抗争が続いた。

（4）「人名・地名解説」の当該項をみよ。以下同様。

スキピオとラエリウスの懇願

第二章

㈣　スキピオ

マルクス・カトー様、私は常日頃、ここにおりますガイウス・ラエリウスとともに、あなた様があらゆる事柄に通じておられ、あなた様の英知が卓越しまた完全であることに、たびたび驚嘆しておりますが、特にあなた様には老年がまるで重荷となっていないようにお見受けして、驚き入っております。老年というものは、多くの老人たちが「エトナの山より重い荷物を背負っているようだ」というほど辛いものではないのでしょうか。

カトー

スキピオ君、ラエリウス君、君たちは別段どうということもないことに感心しているらしいね。自力で善く幸せに生きる方策を欠いている人たちには、どんな年齢でも辛いものだ。しかしそれぞれの時期に自分に備わっている善いものを見つけようと努める人にとっては、自然の定めがもたらすものになにひとつ悪いものはない。そのようなものの筆頭が老年なのに、おまけに誰でも長生きはしたいくせに、老年がいったん手に入ると文句をいう。愚か者の無定見と偏見はこんなものだ。彼らは、老年は思ったより早く忍び寄ってくると言う。第一に、誰が彼らにこんな誤った考えを抱かせたのか。少年が青年になるより、青年が老年になる方がどれほど早いというのか。第二に、今ここに八〇〇歳の人がいると仮定して、その人は八〇歳の人と比べてどれほど耐え易い老年を過ごしているだろうか。過去はどんなに長くてもひとたび過ぎ去ってしまえば、愚かな老人のなげきを慰めるのに何の力もないだろう。

（五）だから、もし君たちがいつも私の英知を称賛しているのなら――ほんとうに私の英知が君たちの評価と賢人という私の異名[1]にふさわしければよいのだが――最高の指導者である自然に従い、神に対するかのように服従している点でこそ、私は賢明なのだ。人生の他の部分が自然の手で巧みに書き上げられているのに、最後の幕だけが下手な詩人の作品のようにいい加減に書かれるとは、あまりありそうもないことだ。しかし木々の実や大地の実りと同様、時が熟したならば人生にも、萎びて落ちるというような結末が必要なのだ。賢者たる者はそれを甘受しなければならないのだよ。実際、自然にさからうのは、昔巨人たちが神々と勝ち目のない戦いを戦ったようなものなのだ[2]。

（六）ラエリウス

ではございましょうが、カトー様、私たちは老人になることを期待し望んでさえいるのですから、もし老人になるずっと前から、いったいどうしたら寄る年波にやすやすと耐えられるのか、あなた様に教えていただけたら、私たちにとって――これはスキピオも同じだと思いますが――望外の喜びでございます。

カトー

そうか。ではやってみようか、ラエリウス君。ことに君の言う通り、君たちが二人とも喜んでくれるならね。

ラエリウス

カトー様、あなた様は長い道程を歩み終えられたのですが、私たちはこれから踏み入らなければならないのです。あなた様が到達された地点がどういうところなのか、ご面倒でなければ、是非お教えいただきたいのです。

(1)「私の異名」 カトーの〈賢者〉という異名はラエリウスのそれのように広く用いられていたわけではない。彼はむしろ〈監察官〉と呼ばれていた。

(2)「巨人の戦い」 ティタン族を追放して天の統治権を確立したゼウス一族に対して、ティタン族を生んだ大地(ガイア)が、大勢の恐ろしい巨人らを生んでゼウスの主権を脅かした。これに対してゼウスをはじめとするオリュンポスの神々は英雄ヘラクレスを招いたりして戦い、完全な勝利を収めたという。

第三章

幸福な老年の実例をあげる

（七）カトー

できるだけやってみよう、ラエリウス君。実際、よくあることだが、私と同年輩の人たちが、「類は友を呼ぶ」という古い諺（ことわざ）通りに集まっては嘆くんだよ。ガイウス・サリナートルやスプリウス・アルビヌスなど、私とほぼ同い年で、以前は執政官(1)まで勤めた人が、「年をとると何の楽しみもない。人生は無に等しくなってしまった」とか、「以前は我々を尊敬していた連中が馬鹿にするんだ」とかいうのだ。

でもこの人たちの愚痴は私には正当なものとは思えないね。なぜって、もしそういうことが老年のせいで起こるなら、私にも他のすべての老人にも起こりそうなものだが、高齢の人たちは大抵は文句も言わずに老年を過ごしているんだからね。彼らは欲望の鎖から解放されたことを残念とも思っていないし、周囲の人たちから軽蔑されてもいないんだ。そもそもそんな不平が出てくるのはみな性格のせいだよ。年のせいではないね。節度があって、気むずかしくもなく無礼でもない老人には、老年はそれほどつらいものではない。無分別で無礼な人たちは、人生のあらゆる時期を不愉快にしてしまうのだ。

（八）ラエリウス

おっしゃる通りです、カトー様。しかし世間では、あなた様には勢力も財産も地位もおありだから老年が他の人より耐えやすく思われるのだ、と言いはしないでしょうか。そういうことは一般の人にはあてはまらないのだ、と。

カトー

ラエリウス君、君の言うことは一応もっともだがね。しかし全くそうだというわけではない。こういう話があるよ。テミストクレスがあるセリーポス人と口論した折のことだ。その男がテミストクレスに、「あなたが名誉をかちえたのは、あなたが偉いからではなくて、あなたのお国が偉大だからでしょう」と言った。するとテミストクレスはこう答えたそうだ。「おっしゃる通り、もし私がちっぽけなセリーポス島の人間だったら、決して有名にはならなかっただろう。しかし君のような人はアテネ人でも有名にはなるまいね」。同様のことは老年についても言える。たしかに貧乏のどん底にいれば、たとえ賢者でも老年は過ごしやすいものではない。しかしどんなに金があっても本人が愚かでは、老年が重荷でないとは言えるまい。

（九）スキピオ君、ラエリウス君、老年に対抗する最良の武器は、もろもろのよき能力を磨き行使しておくことなんだ。そういう能力は、一生を通じて養われると、長く充実した人生の終わりに驚くべき実を結ぶものだ。これは生涯の最後の時でさえ人を見捨てないんだからねえ。とても大切なことだよ、これは。だがそればかりではない。人生をよく生きてきたという自覚や多くのよき行ないの思い出は大変快いものなのだ。

（1）「執政官」　前六世紀末ローマに共和政が確立し、王に代わる最高権力者として執政官が貴族の間から選ばれることになった。執政官はそれまで王の手にあった軍の統帥権や行政の大権を継ぐ官職であったが、任期は一年（再選は許された）で、独裁を防ぐために全く同じ資格の二名が民会で選ばれた（のち、帝政時代には皇帝が推挙できるようになった）。初め貴族に独占されていたこの地位は前三六六年以後、一人を平民とする原則ができた。二名とも平民が選ばれたのは前一七二年が初めてである。

第四章

（一〇）タレントゥムを奪回したあのクイントゥス・マクシムスだがね。彼は老人で私は若かったけれど、私はあの人が大好きで、同年の人のような親しみを感じていた。威厳があるのに慇懃（いんぎん）だったし、年老いても性格が変わらなかった。私が彼を敬慕し始めた頃は、あの人はまだ年寄りというほどではなかったけれど、それでもかなりの年配だった。あの人は、私が生まれた翌年に第一回目の執政官職についたんだ。四度目の執政官職についたとき、私はごく若い兵士だった。私は彼についてカプアに、さらに五年後にはタレントゥムに、出撃したものだ。それから四年たって、私は財務官になったが、私がその職についたのは、トゥディターヌスとケテーグスが執政官の年（前二〇四）だった。その時あの人は大変な高齢だったが、弁護士が依頼人から謝礼金や贈り物を受け取るのを禁ずるキンキウス法のために、賛成演説をやってのけたんだよ。それから、いい年をして若者のように戦争を指揮して、血気にはやって暴れ廻るハンニバルを忍耐力で鎮圧したんだ。私の友人エンニウスは彼について見事に歌っている。

臆病と　されし男ぞ　国勢を　挽回したる
安全に　こころ配りて　風評を　意に介せざりき
むべいまや　その栄光は　いや増しに　輝きわたる

（二）ほんとうに彼は何という用心深さ、何という思慮深さでタレントゥムを取り戻したことか。私はこの耳で聞いたのだが、町を棄てて要塞に逃げ込んだサリナートル(5)がマクシムスに、「クイントゥス・マクシムスよ、君にタレントゥムが取り戻せたのは、私が要塞を守り抜いたおかげだぞ」と自慢したとき、クイントゥス・マクシムスは笑いながら答えた。「全くその通りだね。君がタレントゥムを敵に渡さなかったら、私にも取り戻せなかったものね」。彼は軍人としても市民としても実に卓越していた。彼が二度目の執政官になったときのことだ。護民官(6)フラミニウスが、元老院(7)の決定に反して、ガリア人も住んでいるピケヌムの土地を平民たち一人一人に分配しようとした。するとマクシムスは、同僚執政官のスプリウス・カルウィリウスがそっぽを向いているのに、この案に全力で抵抗したものだ。また彼は鳥卜官(8)だったとき大胆にも、国家の安寧のために行なわれることこそが大吉であり、国家の利益に反して行なわれることこそ凶事である、と言ってのけたんだよ。

（三）彼については素晴らしいことをたくさん知っているけれど、最も称賛すべきことは、執政官経験者で著名な人物だった息子の死に耐えた彼の態度だ。そのとき彼が述べた弔辞は人々の間で今も広く知られているが、それを読むと哲学者なんか影が薄くなるほどだよ。彼は公衆の面前、市民たちの眼前で、実に偉大な人物だったが、私生活の面ではもっと優れていた。あの人の会話も教訓も、古代の知識も鳥ト法の造詣も、ほんとうにたいしたものだったんだよ。ローマ人にしてはギリシャ文学や哲学に通じていたしね。国の内外でなされた戦争のことは全部覚えていた。あの頃私は彼の話にそれは熱心に耳を傾けたものだ。まるで、彼が死んでしまったらもう教えを乞える人はいないと予感していたかのようだった。実際、あの予感は当たってしまったんだなあ。

（1）「財務官」　会計検査官。定員は最初は二名。共和政末期には四〇人にものぼった。任期は一年。三〇歳以上。政治家志望のローマ青年の政界への登龍門だった。

（2）「トゥディターヌスとケテーグスが執政官の年」　このようにローマでは二人の執政官の名前を記して年号を表わした。なお人名索引では年号を示すためだけに言及される執政官については説明せず、その代わり本文中に年号が記されている。

(3)「キンキウス法」　前二四〇年に護民官マルクス・キンキウス・アリメントゥスによって定められた法律。弁護士が依頼人から謝礼を受け取ることを禁じたもの。この法律は、その後ローマ帝政期となって西暦四七年クラウディウス帝が、弁護士の謝礼を最高一万セステルティウスと定めるまで有効だった。

(4)「私の友人エンニウス」　カトーはエンニウスにサルディニアで出会い、ローマに伴ったといわれる。

(5)「要塞に逃げ込んだ」　史家リウィウスによればタレントゥムは一時ハンニバルに占領されたが、マルクス・リウィウス・マカートゥスが要塞に閉じこもって、タレントゥムが再びローマの手に戻るまで守り通した。キケロはこれをマルクス・リウィウス・サリナートルと間違えたようである。ギリシャの史家ポリビオスによれば、マルクス・リウィウスが遊び惚けて眠り込んだのが、タレントゥムをハンニバルに奪われた原因の一つであった。元老院は町を失ったことに対して彼を罰するべきか、それともそれほど長く要塞を守り通した勲功を認めるべきかで議論したという。

(6)「護民官」　ローマの共和政初期に生まれた、平民の権利を擁護するための官職。最初の伝承はまちまちだが、前五世紀の半ばからは毎年一〇名が平民の中から選ばれた。護民官の身体は神聖不可侵とされ、執政官などの行なう行政、元老院の議決、兵員会という国家全体の民会で行なわれる立法や選挙などを、拒否あるいは妨害する権限が与えられた。しかしやがて貴族と平民の身分が対等となり、平民の中にも富者が出てくると、護民官は本来の性格を失った。もちろんグラックス兄弟のように護民官にふさわしい活動もみられたが、帝政期には単に平民の家系の者が元老院議員になるための資格として意味をもつだけになった。

（7）「元老院」　ローマ国家の立法・諮問機関。ローマ建国当初から存在し、定員は初め一〇〇人だったが、まもなく三〇〇人となった。元老院議員は王政期には王により、共和政期には執政官により、さらに四世紀末からは監察官により、選定された。本来は六〇歳以上の高齢者に限られたが、官職を終えた者が選定されるに及んで、年齢制限は撤廃された。共和政初期以来、議員中には平民出身者もいた。前三世紀以来、欠員はもっぱら政務官の中から補われるようになった。共和政下では執政官ら政務官は任期が一年に過ぎなかったのに対し、官職の経験をもつ終身議員によって構成される元老院はつねに指導的地位を占め、政治・外交の中心となった。共和政末期には一時九〇〇人もの議員が選定され、古来の元老院の実質は失われて、独裁者に道を譲った。帝政期になって、事実上の任免権は元首に握られて無力化したが、なお国民の代表として存続した。

（8）「鳥卜官」ローマ人は鳥の鳴き声や飛び方、獣の内臓、雷、稲妻などによって吉凶を占い重大な国事を決した。これを行なう官職が鳥卜官である。その役目は政治的に非常に重要であった。数は前八一年までは四名だったが、その後一五名から一六名に増やされた。

第五章

（一三）なぜ私はマクシムスについてかくも多くを語ったのか。それは「老年ならマクシムスの老年でもやはり惨めだ」という考えは間違っていることをしっかり理解してもらうためだ。といってもスキピオやマクシムスがやったような、都市の攻略や海陸での戦い、さらには自分が指揮した戦争や凱旋式などの思い出は、誰にでもあるわけではない。静かに清らかに、そして優雅に過ごした人生の、平和で落ち着いた老年というものもあるんだ。聞くところではプラトンの老年がそうだった。彼は八一歳でものを書きながら死んだ。イソクラテスの老年も同様で、『パンアテナイクス』というアテネを賛美する本を書いたのは、彼自身によれば九四歳のときだった。彼はそれから五年も生きたんだよ。彼の先生でレオンティーニの人ゴルギアスは一〇七年の人生をまっとうしたが、決して研究や仕事に倦むことはなかった。なぜそんなに長く生きていたいのかと尋ねられたとき、「私には老年を非難する理由は何もないからだ」と答えた。学者にふさわしい立派な答えだね。

(一四) 愚者に限って自分たちの欠点や罪を老年のせいにするものだ。先ほど言及したエンニウスは違う。

競り勝ちて　賞を得しこと　幾度ぞ
駿馬は老いて　静かに憩ふ

彼は自分の老境を、オリンピックにしばしば出場した勝ち馬の満ち足りた老年に例えているんだ。君たちもきっと彼のことをはっきり憶えているだろう。現在の執政官ティトゥス・フラミニヌスとマニウス・アキリウスが任命されたのは、エンニウスが死んでからわずか一九年後のことだものね。彼が亡くなったのは、カエピオとフィリップスが執政官だった年（前一六九）だった。フィリップスは再任だったが。そのとき私（カトー）は六五歳で、ウォコニウス法[1]を大きな声と丈夫な肺で主張していたんだ。ところでエンニウスは七〇歳で——長生きしたんだねえ——最も辛いとされる二つのもの、つまり貧乏と老年に耐えていた。それどころじゃない。楽しんでいるように見えたなあ。

（一五）つらつら思いみるに、老年が惨めにみえるには四つの理由がある。第一は年をとるとあらゆる職から退かなくてはならないこと、第二は体が弱ること、第三は快楽がほとんどすべて奪われること、第四は死が遠くないことだ。よかったら、それらの理由のひとつひとつがどこまで正当なのか吟味してみようではないか。

（1）「ウォコニウス法」　家族の財産の存続のための法律で、一定額以上の財産の所有者は婦人をその相続人とすることはできない。また何人（なんぴと）も主相続人以上の遺産を受け取ることはできない。

老人はすることがないという通念に反論する

第六章

まず老年はあらゆる職から人を遠ざけるというが、それはいったいどんな仕事のことだろう。若さと力がいる仕事だろうか。体力が衰えても知性と判断力でやっていける老人向きの仕事は何もないのだろうか。ではクイントゥス・マクシムスは何もしていなかったというのか。君の父上で私の亡くなった息子の義父でもあったルキウス・パウルスも同様か――息子といえば、あれは実にすぐれた人物だったよ。さて他の老人たち、たとえばファブリキウス、クリウス、コルンカニウスというような人たちは、見識と権威でもって国家を守ったではないか。彼らは何もしなかったとでもいうのかね。

(一六) アッピウス・クラウディウスの老年には失明まで加わった。しかし元老院の意見がピュロスとの平和と同盟締結とに傾いたとき、彼が誰はばからず言ってのけた言葉を、エンニウスは重々しい詩句で歌い上げた。君たちよく知っているだろう。

汝らの知性はいまや　いづかたに　さまよひゆくぞ
かつては常に　ゆるぎなく　正しかりしに

これとは別にアッピウス自身の演説も現存しているんだ。彼がこの演説を行なったのは二度目の執政官職の一七年後のことだ。さて二度の執政官職の間には一〇年の年月がたっている。そして最初の執政官職の前に、彼はすでに監察官(1)という要職にあった。以上からしてピュロスとの戦争のとき彼が老人であったことは明らかだ。にもかかわらず彼の活躍ぶりはこうだったと、私は昔の人から伝え聞いている次第だ。

（一七）だから老人は仕事につけないという意見には説得力がない。それは航海の際、舵手は何もしていないというのと同じことだ。他の人たちがマストによじ登ったり通路を走り廻ったり船底の汚水をかい出したりしているのに、舵手は舵を握って船尾にただじっと座っているだけだというのかね。確かに彼は若者たちのように働いてはいないかもしれないが、もっと大事な仕事をしているではないか。体力があって軽々と動けるから重要な仕事ができるというものではあるまい。重要な仕事は思慮、権威、元老院での弁論によってなされるのだ。老年は、それらが奪われるどころか増し加えられるものなのだ。

（一八）私は一兵卒として、軍団司令官として、副司令官として、さらに執政官としてさまざまな戦争に携わってきた。今は軍事から身を引いて、ただのらくらしているだけに見えるかい。私は実は今でも元老院に対して何をいかに行なうべきか指令しているんだよ。たとえば、昔から悪事を企んでばかりいるカルタゴに、私はずっと前から戦いを宣しており、カルタゴが滅びたことを見届けるまでは、カルタゴを恐れるのを止めないつもりだ。

（一九）スキピオ君、君がお祖父様、大スキピオのやり残された仕事（カルタゴの撃滅）を成し遂げる名誉を、不死の神々が君のためにとっておいて下さいますように。お祖父様が亡くなって今年で三三年目になるが、今後の年月も大スキピオの記憶を保ち続けることであろう。大スキピオは私が監察官になる前の年に亡くなったが、それは私の執政官職の九年後のことだった。私が執政官のとき、彼は次期の執政官職に選任されたが、これは彼には二度目の執政官職だった。もし彼が一〇〇歳まで生きたら、自分の老年を悔いただろうか。確かに彼は急行軍や突撃に加わったり、遠くから槍を投げたり、近くで剣をふるったりはしなかっただろうが、熟慮と理性と見識で戦ったことだろう。もしそれらが老人に備わっていなかったら、私たちの祖先は最高の協議機関を元老院とは呼ばなかっただろうね。

（二〇）実際、スパルタ人の間でも、最も名誉ある官職に就いている人たちは同じく元老と呼ばれており、彼らは事実、老人なのだ。ところで、君たちが外国のことを読んだり聞いたりすれば、大国は青年たちによって滅ぼされ、老人たちによって支えられ再建されたことを見出すはずだ。

語られよ　汝らいかでみづからの　ゆゆしき国を失くせしや、
かくもまたすみやかに。

詩人ナエウィウスの詩『狼』では、このように問う人にさまざまな答えがなされるが、特に強調されるのは以下のことだ。

新米の弁論家、馬鹿な若造どもが牛耳ったのさ。

無思慮はまさしく青年の、分別は老年の、ものなのだ。

（1）「監察官（ケンソル）」　戸口調査官とも訳される。前五世紀後半に創設されたローマの官職。二名。およそ五年ごとに任命され、国勢調査を行ない、財産額、経歴に応じて市民の身分を定めて登録し、徴税や市民の徴兵に備えた。ケンソルは初めは貴族が独占したが、前四世紀半ば頃から平民も就任した。元老院議員の長老(執政官経験者)の中から選ばれ、その任務も次第に多岐にわたった。国家財政、風紀取り締まり、元老院議員の中の不適格者の除名など大きな権限を握った。しかし帝政期に入り次第にその意味を失った。

第七章

(三一)でも年をとると記憶力が衰えるというね。確かに、年をとって頭を使わなくなった人とか、生来愚鈍な人はその通りだ。テミストクレスはアテネの市民の名前を全部憶えていた[1]。その彼が年をとったら、アリスティデスにリュシマコスよと呼びかけるようになったと思うかい。私だって、いま生きている人たちだけではない、その父親や祖父の名前まで憶えている。墓碑銘を読むと記憶が失せるというけれど[3]、そんな話は怖くないね。なぜって、まさに碑銘を読めばこそ、亡くなった人たちの記憶が新たになってくるからだ。どこに宝を埋めたか忘れてしまった老人のことなど聞いたことがないだろう。老人だって関心があること、法廷に出頭する日取りだとか、誰に貸しがあり、誰に借りがあるとかは、全部憶えているものだよ。

(三) 年老いた法律家、神官、鳥卜官や哲学者のことを考えてごらん。彼らは実にたくさんのことを憶えているだろう。熱意と勤勉が残っていさえすれば、老人でも精神的能力が失せることはないのだよ。高名で位の高い人たちだけではない。隠退して静かな生活を送っている私人でも同じことだ。ソフォクレスは大変な高齢になるまで悲劇を作っていた。あんまり仕事に没頭していたから、家のことをなおざりにするようにみえたんだね。ソフォクレスは息子たちに訴えられて法廷に呼び出された。わが国の習慣では、家財の管理がうまくできない親たちは禁治産者にされるのだが、ちょうどそのようにギリシャでも、裁判官は、ソフォクレスがボケたというので禁治産者にしようとしたのだ。そのとき老ソフォクレスは、書き上げて手直ししていた悲劇『コロノスのオイディプス』の原稿を裁判官に読んで聞かせ、この詩がボケ老人の作品にみえるかと尋ねた。ソフォクレスは、朗読を聞いた裁判官の判決によって自由の身となったのだ。

(二三) だからソフォクレスをはじめホーマー、ヘシオドス、シモニデス、ステシコロス、それからさっき言及したイソクラテス、ゴルギアス、さらに哲学者たちの筆頭であるピュタゴラス、デモクリトス、プラトンやクセノクラテス、そのあとのゼノンやクレアンテス、また君たちもローマで見たことのあるストア派のディオゲネスだが、いったい老いがこの人たちに仕事を止めさせたというのかい。この人たちはみんな、命の続く限り仕事を続けたじゃあないか。

(二四) ま、こういう神聖な仕事[4]は別としてもだ、私の隣人で親しい友人たち、サビニ地方の田舎育ちのローマ人だって、いい例になるよ。彼らがいないと大切な畠仕事はほとんどなにもできなくなるんだ。穀物の種を蒔くときも、収穫のときも貯蔵のときも、全部そうだ。それだけならまだそれほど驚くべきことではない。つまり畠仕事の場合、どんな老人でもあと一年は生きられると思って仕事をするものだ。ところがここで例にあげる老人たちは、絶対に自分たちの役には立たないとわかっていることに営々として努力するんだ。私たちの詩人カエキリウス・スタティウスが作品『青年同盟』の中で言っている通りだよ。

次の代の　ためになれかし　植樹する

(二五) 実際、どんなに年をとった農夫でも、誰のために植樹するのかと尋ねられれば、ためらわずにこう答えるのだ。「不死の神々のためさ。神々は、私が仕事を祖先から受け継ぐことだけではなくて、それを子孫に引き渡すことを、望まれたのだ」。

(1) 「アテネ市民の名前」　テミストクレス（前四四九年頃没）の時代のアテネ市民の数がどれほどだったかはわからないが、ペロポネソス戦争（前四三一—四〇四）初期のそれは約二万人だったと伝えられる。
(2) 「アリスティデスにリュシマコス」　リュシマコスはアリスティデスの父でテ

ミストクレスとは犬猿の仲であった。だからこの質問にはちょっと辛辣なおかしさがある。
（3）「墓碑銘を読むと記憶が失せる」　カトーは『起源論』を書くについて、墓石に刻まれた名前を利用したらしい。墓石を読むと記憶が傷つけられるという迷信がどこから出たかは明らかでないが、昔、文字は記憶力を損なう（記憶力の使い方が減るからか）という迷信があったので、それと関係があるのかもしれない。
（4）「神聖な仕事」　哲学や詩作。

第八章

いま引いた詩句でカエキリウスは次の世代のためを思う老人を歌ったのだが、この方がカエキリウスの次の詩句よりいいね。

他は言はず　老年よ
汝の伴ひくる悪は
一事にて足る
げに長生きをする者こそ
忌まはしきこと多く見るなれ

逆に（長生きした人は）おそらく善いものもたくさん見るだろうし、若者だって願わしからざることによくぶつかるではないか。カエキリウスの次の言葉はもっと悪い。

年老いし　我に悲しきことのあり
若者我を厭ふがごとし

（二六）嫌われるどころか好かれるんだよ！　実際、賢い老人はいいところのある青年を喜びとするものだし、青年に尊敬され愛される人の老年はずっと耐えやすいものだが、青年の方も同様で、老人の訓戒を喜び、それによってよい性格が養われていくんだ。私は君たちが大好きだが、私も君たちに好かれていると思うよ。君たちも知っての通り、老人は無気力で怠惰などころか、いつも忙しくて何かを計画したり実行したりしているものだ。もちろん各人が若い頃熱心だったことを続けているわけだけれど、年をとってから知識を深めていく人だっているんだよ。たとえばソロンだが、詩で自慢しているじゃあないか。

新しき　ことを学ばずいたづらに　過ぎ行く日なし　老いゆく我に

とね。かくいう私もその一人である。私は年をとってからギリシャ文学を学んだ(1)のだが、その貪欲なことといったら、まるで長年の渇きを癒そうとしているみたいだった。お蔭でご覧の通り、いま例として使っているようなことを学び知ることができたんだ。ソクラテスが琴を学んだと聞いたときも、できることなら私もそうしたいと思ったなあ。昔の人は弾琴を学んだものだ。とにかく私は、少なくともギリシャ文学の勉強には精を出したつもりだよ。

（1）「私は年をとってからギリシャ文学を学んだ」カトーが年をとるまでギリシャ語を知らなかったとは思えない。ただギリシャ文学とは馴染みがなかったのであろう。『プルターク英雄伝』には、カトーは前一九一年アテネを訪れたとき、「たとえ自分で話すことができたとしても、通訳を介してアテネの人々と話し合った。父祖伝来の慣習を固く守ったカトーはギリシャの文物に傾倒する人々を嘲笑していたからである」と記されている。

老人には体力がないという通念に反論する

第九章

(二七) この年になって——体力がなくなるのが老年の第二の欠点だったね——青年のような力は失せたが、嘆かわしくはないね。青年時代、牡牛や象のような力が欲しくなかったのと同じことだ。自分がいま持っている力を使うべきだよ。何ごとにつけ、自分の力に応じて行なうのが正しいのだ。だからクロトンのミローの言葉より馬鹿馬鹿しいものはないね。彼は年をとってから、闘技場でレスラーが練習しているのを見たんだね。すると彼は、両腕を眺めて涙を流し、「ああ、この腕はもう死んでしまったのだなあ」と言ったという。冗談じゃないよ。死んでいるのはお前さんの腕というより、お前さん自身だろう。そもそもお前さんが有名になったのは、自分が偉かったからではなく、肺や腕のお蔭だったのではないか。セクストゥス・アエリウスも、ずっと昔のティトゥス・コルンカニウスも、また近くはプブリウス・クラッススも、そんなことは一言も言わなかった。彼らは市民に法律を教示していたが、彼らの法律的知識は最後の息をひきとるまで進歩し続けたのだよ。

(二八)でも弁論家は年をとると弱るのではなかろうか。なぜって、弁論家の仕事は知力だけではなく、肺や体力に依存するからだ。これはほんとうの話だが、声の張りはどうしてかわからないが、老年になってからでも増し加わるのだよ。私の年齢はご覧の通りだが、私が声の張りをまだ失っていないのは確かだ。しかし、老人にふさわしいのは静かで思慮深い話し方で、話のうまい老人の落ち着いた穏やかな弁論は、よく聴衆を引きつけるものだ。それから自分にはそういう演説ができない老人でも、まさに君たちのような若い人に教えることはできるのだ。実際、熱心に学ぼうとする青年に取り囲まれている老境ほど楽しいものはないよ。

(二九) 青年たちを教え、導き、どんな義務でも果たせるように育て上げる力を、我々は老年期のために残しておくのではなかろうか。実際、これより立派な仕事があるだろうか。グナエウスとプブリウスの両スキピオ、それから君の二人のお祖父様のルキウス・アエミリウスとプブリウス・アフリカヌスだが、あの方たちは名門の青年に取り囲まれてほんとうに幸福そうにみえたものだ。徳と知の教師はどんなに体が弱り力が衰えても不幸になることはないのだ。そもそもそういう体力の衰え自体が、老年のためというより青年時代の悪徳のせいであることが多い。放縦で節度のない青年時代が、消耗した体を老年時代に引き渡すのだよ。

(三〇) たとえばクセノフォンによると、キュロスは死を前にしての談話で——そのとき彼は大変な高齢であったが——年をとってからも青年時代より弱くなったと感じたことはないと言っている。私は子供の頃見たルキウス・メテッルスのことを憶えている。彼は二度目の執政官職の四年後に大神官(1)に選ばれて、二二年間聖職にあったが、最後まで体力にすぐれていた。失われた青年時代を惜しむふうなんかまるでなかったね。私自身については語る必要はあるまい。自分のことを話したがるのは老人の癖で、まあ、私の年配の者には許されるんだけどね。

（1）「大神官」　宗教儀式を司る神官団の長。ちなみに暦の知識は神官団が独占するものであった。前六三年から終身の大神官だったカエサルはその役目柄から、当時ひどい狂いの出ていた暦を改めて太陽暦を採用した。今日の暦に非常に近いこの暦は、カエサルの氏族名を冠してユリウス暦と呼ばれる。

第一〇章

（三一）ホーマーの作品『イリアス』の中でネストルがしきりに自分の長所美点を自慢しているのを知っているかい。彼は三世代にわたる人間を見てきたのだし、自分のことを無遠慮に語っても、不遜な冗舌家に見えるのではないかと恐れる必要はなかったんだね。「なぜなら」とホーマーはいう。「彼の舌からは蜜よりも甘い言葉の綾が流れ出たから」。そうした甘美さのために肉体の力は全く不必要だった。しかもギリシャ軍の大将アガメムノンは、アイアスではなくネストルのような一〇人を配下に持ちたいと願うのだ。そうすればトロヤは遠からず滅びることを、彼は疑わなかった。

(三二) 私のことに話を戻そうか。私はいま八四歳だ。キュロスと同じ自慢をしたいところだが、とりあえずこう言っておこう。かつて私は兵士としてポエニ戦争に参加した。それから財務官として同じ戦争に行った。執政官としてヒスパニアに行き、その四年後、マニウス・グラブリオが執政官だった年(前一九一)には軍団司令官としてテルモピュラエで激戦に加わった。その頃私に備わっていた力はもうない。しかしだ、君たちもご覧の通り、老年が私の力を殺ぎ、私を打ち砕いてしまったわけではない。元老院も演壇も、友人や被護民(1)や賓客も、カトーの力は失せたと思ってはいないよ。「長い老年を過ごしたければ早く老人になれ」という、昔からよく口にされる諺があるが、私は全然そうは思わないね。年より早く老成するくらいなら、むしろ老年が短い方がいいと思う。だから私はこれまで、私に会いたいと言った人に――年寄りにありがちなことだが――取り込み中だからといって断った覚えがない。

(三三) もちろん私は、力では君たちのどちらにもかなわないさ。でも君たちにしたところで、百人隊長のティトゥス・ポンティウスほど強くはないだろう。だからといってポンティウスは君たちよりすぐれているだろうか。誰でも、自分にあるほどほどの力で、できるだけ努力をしていれば、力のないことなど、たいして気にならないものだ。ミローは両肩で牛を担いでオリンピアの競走路を歩き通したという。君たちにはミローの体力とピュタゴラスの知力とどっちがいい。要するによき賜物(たまもの)は、持っているうちは有効に使い、なくなってしまったら悲しまないことだ。さもないと青年は幼年時代を、壮年は青年時代をと、いつも惜しんでばかりいることになる。人生航路は定まっているのだ。自然の道は一つで、しかも一方通行だ。そして、人生の各々の時期には、それにふさわしいものが備わっているんだよ。だから少年期の虚弱さ、青年期の元気よさ、壮年期の重々しさ、老年期のまろやかさには、なにか自然なものがある。それをそれぞれの時代に享受すべきなのだ。

(三四)スキピオ君、君のお祖父様の賓客であるマッシニサ王が九〇歳の今日どうしておられるか、君は聞いているだろう。王はいったん歩き始めたら決して馬に乗らず、いったん馬に乗ったらもう最後まで降りない。どんなに雨が降っても寒くても、かぶりもの(2)はいらないという。申し分なく壮健で、王としての義務と責任は全部果たしている。訓練と節制によって、老人はこのように以前の力の幾分かを持ち続けることができるんだ。

(1)「被護民」ローマの貴族たちは、クリエンテスという自由人の被護民をもっていた。クリエンテスに対して貴族はパトロヌス、つまり保護者であったが、両者の間に経済的な関係(地主と小作というような)があったかどうかは明らかでなく、信義によって結ばれていたとされる。パトロヌスが一方的にクリエンテスを保護していたわけではなく、互いに助け合った。パトロヌスである貴族の家長の朝は、クリエンテスたちとの会談から始まったといわれる。貴族の力が強いのは、土地や家畜をたくさん持っていたのみか大勢の被護民を持っていたからであった。

（2）「かぶりもの」　キケロの時代およびそれ以前は、かぶりものは用いないのが普通。ただし旅行中天気の悪いときは、一種のフードまたはフエルト製の帽子をかぶった。時代が降ってアウグストゥスの頃からは、皇帝は夏でも冬でも必ず帽子をかぶって外出するようになった。奴隷はけっしてかぶりものはつけなかった。だから（帽子を買う）という言葉は（自由を買う）という意味だった。

第一一章

年をとって力が失せても、老人が力を要求されることはない。だからこの年になれば、法律や慣例に従って、力がなければ出来ない仕事はしないでもすむ。こうして我々には、出来ないことはもちろん、出来るほどのことでも強制されることはない。

（三五）社会的な義務も果たせず、生活のための仕事もできないほど虚弱な老人はたくさんいるさ。しかしこれはなにも老年に固有な欠点ではない。不健康な人に共通する欠点だ。プブリウス・アフリカヌスの息子、つまり君の養父は、なんとも体が弱かった。病身というより、健康にはまるで縁がなかったといったほうがいいくらいだ。もしも彼があれほど虚弱でなかったら、父上に次ぐ第二の国の光となっていただろうね。彼は父上の偉大な精神に加えて、もっと豊かな学識を持っていたのだからね。だから老人がときとして虚弱だとしても、それは青年でさえ免れえないことである以上、まして老人ならなんの不思議があるだろう。でもね、ラエリウス君、スキピオ君、我々は老いに抵抗しなければならないし、老年の欠点を注意深さによって補わなくてはならないんだよ。前に言ったことと矛盾するようだけれど、病気に対するように老年と闘って、健康に配慮することもやはり必要なんだ。

（三六）適当な運動も必要だし、体力を回復させる程度の食物や飲み物も摂らなくてはならない――度が過ぎて負担になってはいけないが。でも体だけを大事にしてもだめだ。知性や精神にはもっと注意を払わなければならない。これだって燈火のようなもので、油を注いでやらなければ、年をとると消えてしまうからね。運動すれば体は疲労で重くなるものだが、精神は活動によってかえって軽快になる。カエキリウスが「喜劇に出てくるようなボケ老人」と呼んでいる人がいるだろう。だまされやすく、忘れっぽくて注意力散漫な老人のことだが、このような欠点はなにも老年一般の特性ではない。無気力で怠惰でぼんやりした老人がいるということだ。放縦や欲情は老年というより青年の特性だが、これだってすべての青年のものではなく、よからぬ青年の特性だろうが。同様に、よく耄碌とよばれる老年のぼけは、一部の老人の特性であって、老人がみんなぼけるわけじゃないよ。

(三七) あのアッピウスだが、彼には四人の屈強な息子と五人の娘がいて、とても大きな世帯と大勢の被護民の主人だった。盲目でもあり、老齢でもあったのに、だ。彼の精神は弓のように張りつめていたから、力を失って老年に屈伏するようなことはなかった。彼は一族の間で権威ばかりか支配権さえ握っていた。奴隷たちは彼を恐れ、子供たちは彼を畏敬した。だれもかれもが彼を大切に思っていた。あの家では父祖の遺風と家訓とが活きていたなあ。

（三八）実際、老人というものは、譲歩せずに自分の権限を守り、何人にも追従せず、最後の息を引き取るまで一族の間で支配権を握っている限り、尊重されるんだ。どこか老成したところのある青年はよいものだが、どこか青年らしいところのある老人もいいもんだね。若々しさを求める者は、体は年をとっても精神は決して老いないだろうよ。

私はいま『起源論』第七巻を執筆中で、古代の記録を全部集めている。いまのところ、むかし私がやって評判になった、法廷での弁論演説の全部に最後の筆を加えている。論述では鳥卜法、神官法、市民法を扱っている。ギリシャ文学にも沈潜しているよ。ピュタゴラス派の人たちにならって、記憶力を訓練するために、昼間に言ったり聞いたり行なったりしたことを、夕方必ず思い出すことにしている。これは私の知力の訓練、精神の運動だ。こういうことに精を出し骨折っていれば、肉体の衰えなどたいして気にならないものだ。私は友人のためなら法廷に出るんだよ。元老院にはよく出席する。長いこと考え抜いた問題を自分から進んで提出して、体力ではなく知力で自分の意見を擁護する。そういうことができなくても、長椅子でいまはもう行なえなくなったことをいろいろ考えるのは楽しいものだ。こうしていられるのはこれまでの生活のお蔭だよ。研究や仕事に打ち込んでいれば、老年はいつとは知れず忍び寄ってくるもので、こういう人は年をとるのに気がつかないほどだ。生命の火は突然吹き消されるものではない。ゆっくりと消えてゆくのだ。

老人には何の楽しみもないという通念に反論する

第一二章

(三九) さて次の、老人に対する第三の非難は、老年には楽しみがないというものだ。しかし老年が青年時代の最大の悪徳を取り去ってくれるとは、なんと有り難い恵みではないか。君たち有能なる青年よ、あの傑物、タレントゥムのアルキュータスがその昔語った言葉を聴きたまえ。その言葉とは、私が青年時代クイントゥス・マクシムスと一緒にタレントゥムにいたとき伝え聞いたものだ。彼は言った。「自然が人間に与えた最大の災禍は肉体的欲望だ。この欲望の満足を求めて、人間の情熱は抑えようもなく駆り立てられる。

(四〇) 祖国への裏切り、国家の転覆、敵との秘密の談合というような重罪がここから生まれてくる。結局あらゆる罪過や悪行は、快楽への欲望が駆り立てて行なわせるものだ。実際暴行や淫行、その他同様の破廉恥な所業にして、快楽の誘惑に駆り立てられずになされたものはない。自然が与えたにせよ、神が与えたにせよ、人間には知性より卓越したものは何もないのに、この至高の賜物にとって、快楽こそが最大の敵なのだ。
(四一) 欲情が支配するところでは節制の余地はなく、快楽の支配下で徳が成り立つことも全くあり得ない」とね。このことをよりよく理解するために、最大限の肉体的快楽に駆り立てられている人を想像してみたまえと、アルキュータスは勧めた。アルキュータスによると、当人がこのような快楽に耽っている限りは、熟考することも理性的に行動することもできない。これは誰の目にも疑いのないことで、だから快楽以上に有害で厭うべきものはないし、度を越えた快楽が長く続けば魂の光をすっかり消してしまうだろう、というんだ。

ところでこの言葉にはなかなかのいわれがあるんだ。アルキュータスは以上のことをサムニウム人ガイウス・ポンティウスと話したのだそうだ。このポンティウスという人はね、執政官スプリウス・ポストゥミウスとティトゥス・ウェトゥリウスとをカウディウムの戦いで打ち破った人物の父親なんだ。さてアルキュータスとポンティウスの談話だが、これはタレントゥムにおける私の宿主で、ローマ国民と友好を保持していたネアルクスが祖先から聞いたというのだ。なんとその談話の席には、ほかならぬアテネの人プラトンが同席していたというんだからね。実際私も、プラトンがルキウス・カミッルスとアッピウス・クラウディウスが執政官の年（前三四九）に、タレントゥムに来たことを確かめえた次第だ。

(四二) なぜこんなことを言うのか。快楽を理性や知恵で遠ざけることはなかなかむずかしいことだ。だとすれば、よからぬことへの興味が失せてくる老年こそ、実に有り難いものではないか。私はこのことを君たちに理解してもらいたいんだよ。ほんとうに快楽は思慮を妨げ理性に敵対して、いわば心の目をくらませる。徳とは何のかかわりもない。実は私はルキウス・フラミニヌスを、いやいやながら元老院から追放した次第だ。彼は最も武勇にすぐれた人物、ティトゥス・フラミニヌスの弟だ。ルキウスが執政官をやめてから七年もたっていたけれども、私は、彼の放縦はやはり放ってはおけないと思った。というのは、彼が執政官だったときだ。ガリアで宴会のさなかに娼婦にせがまれたものだから、ある人の首を斧ではねたんだ。それは死刑を宣告されて投獄されていた人だった。[1] ルキウスは自分の兄のティトゥスが監察官だったときは——ティトゥスは私の前任者だった——罰を免れていた。しかし私も共任者のフラックスも、欲情から出たかくも気ままな行為はどうしても是認できなかった。この場合、個人的破廉恥行為が国家の恥辱になるからだ。

（1）河野与一訳『プルターク英雄伝』（岩波文庫）「五」では以下のように伝えられている。ルキウスは一人の美少年を愛していた。この少年が宴会の席でルキウスの機嫌をとり、剣闘士の試合を見たかったのにそれを止めて宴席に駆けつけた、といったところ、ルキウスは、それなら埋め合わせをしてやろうといって、宴席で死刑囚の首をはねさせた。

第一三章

(四三) 私はよく年上の人たちから聞かされたものだが、そして彼らはまた彼らで、少年時代にそれを老人たちから聞いたということだが、ガイウス・ファブリキウスは、ピュロス王の許に使節として赴いたときに、テッサリアのキネアスから次のような話を聞いたと言っては呆れていたそうだ。どんな話かというと、アテネには自分を賢者と称する人物(エピクロス)がいて、その男は、私たちが何をなすべきかはすべて、それが快楽をもたらすかどうかで決まると言うんだってさ。ファブリキウスからその話を聞いたマニウス・クリウスやティトゥス・コルンカニウスは、彼らの敵サムニウム人やピュロス王自身がその説を信じればよいと願ったという。それは、この人たちが快楽に身を委ねてしまえば負かしやすくなるからだ。さてマニウス・クリウスはプブリウス・デキウスと生前親しくしていた。このデキウスはマニウス・クリウスが執政官になる五年前、自分の四度目の執政官在任中に、国家のために一身を捧げて死んだのだ。この人のことを知っていたファブリキウスもコルンカニウスも、自分たちの生涯と、とりわけいま話したデキウスの行為とに基づいて、こう信じていたのだよ。世には本性上すぐれたよきものがある。それはそれ自身のために追求されるべきものである。最もすぐれた人はみなそれを、快楽を遠ざけ軽蔑して、追い求めるものである、と。

(四) そもそも私が、なぜ快楽についてかくも多くを語るのかというと、こういうわけだ。老人がもうあまり快楽を求めないのは全然老年の難点ではないんだよ。むしろ最高に称賛すべき点だ。老人はテーブルにご馳走を積み上げた宴席に出ることもないし、盃を重ねることもない。だから老人には酩酊や不消化や不眠もないわけだ。でもまあ、少しは快楽を認めてもいいだろう。私たちは快楽の魅惑にはなかなか抵抗できないものだ。実際、プラトンは巧みにも快楽を罪悪の釣り餌(え)と呼んでいる。人間は魚みたいにすぐ快楽という餌(えさ)に引っ掛かるからだ。とにかくこんなわけで老年になっても、度を超した宴会は別として、宴会をほどほどに楽しむことはあっていい。海戦で初めてカルタゴを打ち破った、マルクスの息子のガイウス・ドゥエリウスは、年をとってからよく宴席に出た。帰って来るところを私は子供の頃よく見かけたものだ。彼は松明持ちと笛吹きをお供に連れてご機嫌だった。こういう贅沢は無官の一市民には先例のないことだが、これは彼の特権で、彼の過去の栄光がこういう気ままさを大目にみさせたのだ。

(四五) どうも他人のことばかり話しているね。もう自分のことに話を戻そうか。まず私にはいつも教団の仲間がいた。教団ができたのは私が財務官のときで、イーダの山で営まれた大母神キュベレの祭儀がローマに入って来たときのことだ。私は教団仲間とよく食事をしたものだ。それはまことに慎ましいものだったけれど、年齢にふさわしい熱気のある会合ではあった。ところが年齢が進むにつれて、すべてのことが時とともにだんだん穏やかなものになっていった。私は宴会の楽しさの程度を、肉体的快楽というよりは、友人たちに会うことや会話の喜びで計っていたんだよ。実際、祖先たちは友だち同士が宴席につくことを、これは生活上の結びつきだというので、巧みにも convivium (共に生きること) と名づけた。それは同じものをcompotatio（共に飲むこと）やconcenatio（共に食事すること）と呼んだギリシャ人たちよりすぐれている。[1] こう名づけると、宴会の最小の要素を最も重くみているように聞こえるじゃあないか。

（1）ギリシャ語ではそれぞれsymposion, synesthiasis。

第一四章

（四六）私には会話が楽しいものだから、早めに始まる宴会[1]も好きなんだ。もう残り少なくなってしまった仲間との宴会だけじゃない。君たちや、君たちの年ごろの人たちとの宴会も同じだ。それにつけても年をとると一層話し好きになり、飲み食いの欲は減るんだから、有り難いことだ。いや、飲み食いの楽しみに宣戦布告したわけじゃあないんだよ。飲み食いが大好きな人もいるだろうが、快楽には自然の限度があると思うんだ。ただし、老年はそういう快楽への感受性そのものを失う、とは思わないね。実際、祖先たちが設けた宴会頭(2)の制度だの、酒宴の最中に左端の席(3)からスピーチを始める古い習慣だのが、楽しい。クセノフォンの『饗宴』にもでてくるけれど、酒の雫(しずく)を小さな盃で受けるとか、それを夏には冷やし、反対に冬には太陽や火で暖めるというような、さまざまな工夫が面白い。私はこうした楽しみを、別荘にいてまわりのサビニ人たちと暮らしていても続ける慣(なら)わしで、毎日近隣の人たちとの会食の席に加わっているんだ。私たちはね、いろんな会話で宴会をできるだけ夜遅くまで引き延ばすわけだ。

(四七) しかし老人たちには、もうあまり快楽に心ときめくこともない、という人がある。確かにその通りだが、別に残念だとも思わないね。欲しいと思わないものがなくても、どうということはないだろう。ある人が晩年のソフォクレスに、今も情事に耽るかと尋ねたところ、ソフォクレスはいみじくも答えた。「とんでもない。私はまさにそういう野蛮な暴君の許から逃げてきたところだ」。実際、そういうことが大好きな人には、それがなくなるのはきっと厭で腹立たしいことだろうが、満ち足りて飽きてしまえば、あるよりない方が有り難いのだ。心残りがなければ不足とも思うまい。だから、いらなくなる方がずっと有り難いと私は言うんだよ。

(四八) そうした快楽は若者の方が一層楽しめるとしても、さっき言ったように、人は若いときにはつまらないことを有り難がるものだし、それに老人になったからといって、そういう楽しみは、あり余るほどではないが、全然なくなってしまうわけではない。劇場の最前列の人には名優トゥルピオ・アンビウィウスがよく見えるだろうが、最後列の人にもまるで見えないわけではない。同様に青年は間近に快楽があるから楽しみも大きかろうが、遠くなった老人にも充分楽しみはあるものだ。

(四九) しかしなんとまあ素晴らしいことではないか。老人は欲情や野心や敵意など、もろもろの欲望に仕えることを終えて、自分を取り戻し、世に言うごとく自分らしく生きるようになるのだ。まして研究や学問というような味わい深いものを持っていれば、閑な老年以上に楽しいものはない。スキピオ君、私たちが見ていたように、君の父上の親友であるガッルスは、全天全地のほとんどを測量する仕事に没頭していたではないか。そう、幾度朝の光が、夜何かを書き始めた彼を、また幾度夜が、朝仕事を始めた彼を、驚かせたことか。太陽や月の蝕を私たちよりずっと早く予言することが、どれほど彼を喜ばせたことか。

（五〇）またこれほど骨の折れることではなくても、知性を要する仕事にたずさわっていた人たちはどうだろう。ナエウィウスは自作の『ポエニ戦争』を、それはそれは楽しんでいたよ。プラウトゥスだって『野蛮な男』や『嘘吐き』をどんなに喜びとしていたことか。私は老年のリウィウス・アンドロニクスに会ったことだってあるんだよ。彼はすでに私の生まれる六年前、ケントーとトゥディターヌスが執政官の年（前二四〇）に、劇を上演したのだが、私が青年になるまで齢を重ねていたんだ。プブリウス・リキニウス・クラッススの神官法や市民法の研究や、つい数日前に大神官に任ぜられたあのプブリウス・スキピオの研究について、いまさら何を言うことがあろう。いま述べた人たちはみな、ご覧の通り、年をとってからそれぞれの研究に燃えたのだ。さらにエンニウスが正当にも「弁舌の精髄」と称したマルクス・ケテーグスが、もう年だというのにどんなに熱心に演説の練習をしていたか、私たちが知っている通りだ。いかなる宴会や遊興や放蕩の快楽だって、こういう楽しみとは比べものにならんのだ。しかもこれらは学問への熱心だ。この熱意は、知的で教育のある人の場合、年齢とともに増していくんだよ。だから、ソロンの言葉はやはり正しいんだ。彼が短い詩の中で言っていることをさっき引用しただろう。毎日多くのことを学び加えながら年をとっていくという、こういう心の快楽よりも大きな快楽はあり得ない。これは本当のことだよ。

(1)「早めにはじまる宴会」　時間が長く、いくぶん放縦に傾く。
(2)「宴会頭」　宴会の司会者。
(3)「左端の席」　ローマの宴会ではふつう次頁図の1が最上席で主賓が占め、政務で中途退席する可能性のある高官は1′に席をとった。2は主人席だった。3が「左端の席」と訳した、この列の上席で、杯は3から回りはじめ、それに合わせて3から順番にスピーチをした。

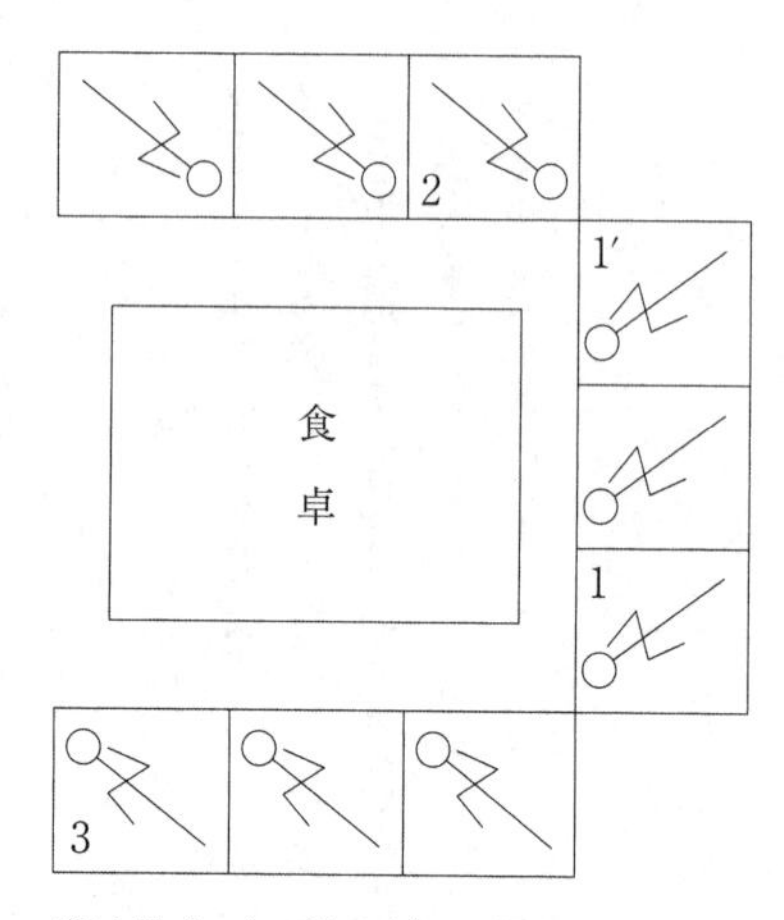

客は臥台（一列三席）に置かれたクッションを肘枕に、左を下にして横臥し、右手の指でごちそうをつまんでは食べた。満腹すると吐いてはまた食べたという、セネカやマルティアーリスが伝えた話は有名である。

第一五章

（五一）さてと。今度は農民の喜びを語る番だが、これがまた信じられないほど楽しいんだなあ。この楽しみはどんなに年をとっても妨げられないし、賢者の生に最も近いように思われる。楽しみは大地との取り引きにあるんだ。大地というものは決して支払い拒否をしないもので、受け取ったものは必ず利息をつけて返してくれる。ときには低利のこともあるけれど、大抵は高利で返してくれるんだ。といっても、喜ばしいのは実りばかりではない。大地自身の働きと本性だ。種は耕されて柔らかくなった大地のふところに蒔かれるのだが、大地は種子を受け取ると、まずそれ(種子)を隠して閉じ込める。種を埋める(オッカエコー)仕事だから耕作(オッカチオー)というようになったのだ。[1] 次に大地は種を自分の蒸気と圧力で温めてふくらませ、萌え出る緑の若芽を誘い出す。その若芽が細かい根の束に支えられてだんだんに成長し、節のある茎をまっすぐに伸ばすと、いわば年ごろになった実(み)はもう莢(さや)で囲まれている。そこから出てくるとき実(み)は穂の中に整然と並んでいて、小鳥たちに啄(ついば)まれないように、とがった穂先の砦で守られている。

(五二) いまさら私が葡萄樹の由来や栽培や成育について語る必要はあるまい。でも私の老年の平和と楽しみが君たちに解るように、一言つけ加えておこうか。私にはこういうことが楽しくて仕方ないわけだ。大地から生ずるもろもろのものが持っている力の話は省略することにしよう――この力はあんなに小さな無花果(いちじく)の種、葡萄の種、その他の果物や植物のごく小さい種子から、実に大きな幹や枝を作り出すんだけどね。さて農民たちのさし木の技術にもいろいろあってね、小槌の形に切った枝を植えたり、若枝を苗床に植えたり、刈り込んだ枝をさし穂に使ったり、根の生えた枝を切って植えたり、また取り木といって、親木から切らずに地中に埋められて根を出した茎を切りとって成長させたりする。これには誰だって感心し、心を引かれるのではあるまいか。さて葡萄は生来垂れ下がる性質を持ち、もし支えがなければ地面の方へ延びていくものだが、先端は起き上がろうとして蔓(つる)をまるで手のように働かせ、手当たり次第に巻きつくのだ。こうしてあちこちに幾重にも曲がりくねって這いまわるのを、熟練した農夫はナイフで苅り込んで、枝があまり茂り過ぎないように、やたらにはびこり過ぎないように、押さえ込むのだ。

(五三) こうして春になると、残されていた枝々の節ともいうべき部分に、目と呼ばれるもの(芽)がつき、そこから葡萄が出てくる。これは大地の潤いと太陽の熱で成長し、最初はひどく酸っぱいが、次第に熟して甘くなる。葉に覆われてほどよい暖かさを失わず、太陽の過度の熱を避けている。葡萄ほど味わって快く、見て美しいものがありえようか。ところで前にも述べたように、私を喜ばせるのは有用性だけではなく、葡萄の栽培と本性そのものなんだ。すなわち支柱を配列して、蔓の先端を棚に這わせたり、棚に固定したり、蔓を取り木で殖やしたり、前に述べたように枝を剪定して、あるものは刈り込みあるものは伸びるにまかせるのが面白い。水を注いだり、土を肥やすために掘り起こしたり、鋤返したりすることについては、説明の要もあるまい。施肥の有用性についても同様だ。

(五四) 実はこれについては私はもう『農業論』に書いてしまったんだ。博学なヘシオドスは、農耕について書いたとき、施肥には全く言及しなかった。しかしホーマーの作品には——彼はヘシオドスよりずっと昔の人だと思うけど——オデュッセウスが遠くに行ってしまった悲しみを、その父ラエルテスが耕作や施肥で紛らわせているところが出てくる。農業って楽しいんだよ。耕地や牧場や葡萄畑や樹園だけじゃあなく、庭園や果樹園や家畜の飼育や蜂の群れや、あらゆる花の多様さが楽しく喜ばしい。植え付けばかりでなく、接木（つぎき）の技術も面白い。これは農業で最も巧妙な技術だねえ。

（1）「オッカエコー」と「オッカチオー」 この二つの言葉が語源を同じくするというのはキケロの誤り。オッカエコー（隠す）はカエクス（目がみえない）から、オッカチオー（耕作）はオッカ（馬鍬）からできた言葉。

第一六章

(五五) 農業の楽しみについてはいろいろ話すことがあるけれど、いままで話したことだけでももう長すぎたかな。でも君たち、大目にみてくれるだろう。長話は農業に対する熱意から出たことだし、いったい老人というものはおしゃべりなものだ。そう、私だって、老年には悪いところは何ひとつないといっているわけじゃあないんだよ。ところでマニウス・クリウスは、サムニウム人やサビニ人やピュロスとの戦いから凱旋したあと、人生の最後の時をこういう田園で過ごしたものだ。私は、私のところからほど近くにある彼の別荘を眺めては、彼の慎ましさ、その時代のもの堅さをいくら称賛してもしきれない思いだった。それはこういうわけだ。

(五六) 炉端に坐っていたクリウスのところにサムニウム人が莫大な金を持って来たんだね。しかし彼はそれを拒否して言った。「いくら金があったって名誉になるとは思えない。それより金持ちに命令する方がよほど立派だ」と。これほど高邁な精神が老年を楽しまないわけはない。しかしまあ、あまり話題からそれずに、田園生活のことに戻ろう。そのころ元老院議員たち――つまり年寄りさ――は田園に住んでいた。ルキウス・クインクティウス・キンキンナトゥスが畑を耕しているところに、独裁官(1)に選ばれたという知らせが届いたというからそれがわかる。独裁官となった彼の命令によって、騎兵隊長のガイウス・セルウィリウス・アハラは、王権を窺っていたスプリウス・マエリウスを奇襲して殺したわけだ。クリウスの他にも何人かの老人たちが田舎屋敷から元老院に招かれた。こういうわけで、はるばる彼らを招きに行った人たちは旅人と名づけられたほどだ。

さて、こうして農業を楽しんでいた人たちの老年は惨めだったろうか。思うにこれ以上幸せな人生はたぶんあり得ないね。それはただ、耕作が全人類にとって有益だという実益上の見地からだけではない。前に述べたように、農業自身が楽しいのだし、農業は人々の食物や、さらに神々の祭祀の役にも立つもろもろのものを彩り豊かに作り出すから、そう思うのだ。こういうものを欲しがる人がいるわけだから、私もそういう快楽をまあ、認めることにしようか。実際、良き勤勉な主人の酒蔵や油倉や食料貯蔵室はいつも満杯だ。屋敷全体が裕福で、豚や山羊や羊や鶏、牛乳やチーズや蜂蜜があり余っている。農民だって自分の庭を、もう一つのベーコンの塊(2)とよんでいるほどだ。閑なときには鳥を捕ったり狩をしたりして、田園生活の楽しみをもっと深いものにするんだよ。

(五七) 牧場の緑や整然と並んだ樹木、あるいは葡萄棚やオリーヴ園の美観について、私が多くを語る必要はなかろう。要するに、よく耕された大地ほど有用性に富み、見て美しいものはない。そして老いはその享受を妨げないどころか、その喜びに招き誘うものだ。年寄りにとって、日光や火で体を暖め、反対に木陰や水で涼を求めるのに、これ以上適したところがほかのどこにあるだろう。

(五八) 若者は武器でも馬でも槍でも木刀でも持つがいいし、球技でも水泳でも競走でもやるがいいさ。我々老人にはたくさんの遊びの中から、せめて骰子だけは残しておいてもらいたいものだが、まあ、どうでもいいわい。そんなものがなくても、老人は充分幸せに生きられるんだ。

(1)「独裁官」 共和政ローマでは同じ資格を持つ二人の最高官、執政官が選ばれた。これは独裁への道を阻むものであった。しかし国家の非常時には一人の手に絶対の命令権を与えることが必要であった。そこで任命されたのが独裁官である。しかし一人の人物がこの地位に長く留まることは危険だとして、任期は半年とされた。

(2)「ベーコンの塊」 貯蔵品の意。

第一七章

(五九) クセノフォンの書物はいろいろためになるから、熱心に読んでいるとは思うけれど、是非そうしなさい。『家政論』という財産管理法の本の中で、クセノフォンは実に雄弁に農業を讃えている。クセノフォンには、農業ほど王者に相応しいことはないと思われたのだ。ここのところを君たちには是非わかってもらいたいね。この本の中でソクラテスが弟子のクリトブロスにこういう話をしているところがある。ペルシャの王子、小キュロスは、才能も輝かしい統治の実績もある卓越した人物だった。ときに武勇の誉れ高いスパルタ人、リュサンドロスがサルデスに王子を訪れ、同盟国からの贈り物を呈したのだ。このとき小キュロスはリュサンドロスに対してなにくれと好意を示したが、念入りに木を植えた庭園にわざわざ彼を案内したという。リュサンドロスは木々の高さや、骰子の五の目の形[1]に配列された樹木、耕されてきれいな土、花々から漂ってくる甘い香りを称賛してから、「これを設計し配列した人の念の入れ方もさることながら、技量もたいしたものでございますね」と言った。すると小キュロスは「いや、私が設計したのです。配列も配置も私の考えでして、ここにある木もたいていは私が自分で植えたものです」と答えた。するとリュサンドロスは王子の紫の衣や優美な体つき、金や宝石をちりばめたペルシャふうの華麗な装いを見つめながら、「キュロス様、人々があなた様はお幸せだと申しておりますのはまことにもっともなことでございます。なぜと申しますに、あなた様のご幸福は、あなた様の徳の賜物でございますから」と言ったという。

（六〇）だからこの幸せを楽しむことは老人にも許されているのだ。年をとっても、他のこともそうだが、特に農業への関心は老いの最後の時まで持ち続けることができるんだ。たとえばマルクス・ウァレリウス・コルウィヌスは、平均寿命を越えてからも畑に出て耕作を続け、一〇〇歳まで農業への熱意を持ち続けたと聞いている。さて彼が最初に執政官になったときと六回目になったときとの間には四六年の隔たりがあった。私たちの祖先は（生まれてから）初老に達するまでの期間を四六年とみなしたのだが[2]その四六年が、彼にとってはちょうど公職にたずさわっていた期間だった。それにこの人の晩年は壮年期より幸せだった。権威は増したのに、労苦は減ったのだからね。

（六一）権威こそが老年の冠だ。ルキウス・カエキリウス・メテッルスやアウルス・アティリウス・カラティヌスにはなんと権威があったことか。後者を讃える次のような墓碑銘がある。

ローマにて　いとも卓越せし人と　多くの民の
斉（ひと）しくも　認めし者の　ここに眠れる

墓に刻まれた詩句はすべてよく知られている。彼が称賛すべき人であったことについてはあらゆる人の評判が一致している。彼はまさしく重要人物だった。最近では大神官プブリウス・クラッスス、また彼のあと同じ職についたマルクス・レピドゥスがどんなに権威のある人物だったか、私たちはこの目で見たではないか。パウルスやアフリカヌス、またすでに述べたマクシムスは言うまでもない。彼らが出す意見はもちろんのこと、ちょっとうなずくだけでも権威があった。老年、特に高い官職にあって広く敬意を集めた人の老年には、青年時代のあらゆる快楽に勝る(まさ)大きな権威があるものだ。

(1)「五の目の形」

・　・　・　・
　・　・　・
・　・　・　・

(2)「四六年間」ローマではおおよそ次のような年齢の区分があった。

一　—一六　少年（puer）
一七—三〇　青年（adulescens）┐
三一—四五　壮年（iuvenis）┘— この区分は時によってかなり違う。
四六—六〇　初老（senior）
六一—　　　老年（senex）

ローマ人は一七歳から始まる兵役の義務を四六歳で解除される。

第一八章

(六二) しかしだね、この談話全体で私が称賛しているのは、青年期の基礎の上に築かれた老年であることをくれぐれも忘れないでほしい。だからこそ、かつて私が次のように言ったとき、みんな大賛成してくれたんだ。言葉に出して自己を弁護しなくてはならないような老年は惨めだということだよ。白髪や皺がそれだけで権威を作り出すわけではない。青年期、壮年期を立派に生きた者が、権威という最後の実りを手に入れるのだ。

(六三) 実際、些細で平凡に見えることが名誉なんだよ。たとえば人々が挨拶にくる、近づきになりたい人がいる、道を譲られる、起立でもって敬意を表される、公の場所に送り迎えされる、相談を受ける、というようなことだ。こういうことは我が国でも他の国でも、秩序が正しく保たれていればいるほど、きちんと守られているものだ。少し前に言及したスパルタ人リュサンドロスは、スパルタは年寄りには最も住みやすいところだと言っていたそうだ。スパルタほど年齢に対して敬意が払われ、老年が尊敬されるところはないからね。いや、そればかりか、こんな言い伝えがある。アテネで芝居の上演中、一人の老人が劇場に入ってきた。しかし満席で、同じ市民であるアテネ人は席を譲ってくれなかった。ところが彼がスパルタ人に近づくと――彼らは国使だったので特別席にいたのだが――全員が老人のために起立して、「さあ、お掛け下さい」と勧めたというんだね。

（六四）そのスパルタ人たちに満場の観衆が繰り返し拍手をおくったとき、スパルタ人の一人は、「アテネ人は何が正しいか知ってはいるが、実行はしたがらない」と言ったそうだよ。

我々鳥卜官仲間にもたくさんの優れた習慣がある。いま問題になっている敬老精神が特にそうだ。我々の間では、誰でも年上であればあるほど意見を言う優先権がある。官位が高い人に対してだけではない。現在国家の最高権力を握っている執政官や法務官(1)などに対してさえ、老鳥卜官は優先されるんだよ。こういうわけだから、どんな肉体的快楽も権威という特権とは比べものにならないのだ。この特権を見事に行使した人こそ、人生という芝居を立派に演じおおせたのであって、大根役者のように最後の幕でこけたりはしなかったということだ。

(六五)ただ、老人は気むずかしくて心配性で怒りっぽくて扱いにくいものだ。探せば貪欲な老人もいる。でもこれは性格上の欠点であって、老年のせいではない。しかも気難しさや、いま言ったような欠点には、多少にせよ弁解の余地がある。確かに正当な弁解ではないが、こういうことはまあ、大目にみてもらってもいいじゃないか。老人はとかく自分たちが馬鹿にされ、見下げられ、からかわれていると僻むものだ。殊に弱い体には、ちょっとした侮辱でもこたえるんだよ。でもね、こういう欠点はみな、よい習慣と教養によって和らげることができるんだよ。このことは日常生活においても、また『兄弟』というテレンティウスの劇に出てくる兄弟たちを見ても、よくわかるんだ。一人はなんとも粗野だが、他の一人は実に柔和じゃあないか。古い葡萄酒がみな酸っぱくなるわけではないように、人の性格も年とともに必ず酸っぱくなるものではない。年寄りが厳しいのは仕方ないと思うよ。もっともそれも、他のことと同様、ほどほどがいいけどね。意地悪はよくないよ。それにしても、何がほしくて老人が欲張りになるのか、私にはさっぱりわからない。

(六六)旅路の残りが少なくなればなるだけ、よけいに路銀をほしがるなんて、こんな馬鹿げたことはないよ。

(1)「法務官」 執政官に次ぐ最高行政官。任期一年。最初は一人だったが、次第に数を増し最終的には一六人に。名前の示す通り司法関係の行政官。

老年には死が近いということについて

第一九章

まだ第四の理由が残っている。私たちの年配の人間を一番苦しめ、不安にしているようにみえることだ。死が近いことだよ。確かに死は老年から遠く離れてはいないさ。だが、長生きしてきたくせに、その間に死など大した問題ではないと気づかなかったとは、何とも憐れな老人どもだ。死んだら霊魂が完全に消滅してしまうとしたら、死なんか全く無視してよいことだし、反対に、霊魂が永遠に生きる場所に連れていかれるなら、死はむしろ熱望されるべきものだ。この二つの場合しか考えられないじゃあないか。

(六七) だから、死んでから不幸になることはないのか、あるいは、むしろ幸せになるのか、どちらかだとしたら、いったい何を恐れることがあろうか。他方、どんなに若くても、今日という日が暮れるまで必ず生きていると確信しているほど愚かな人間がいるだろうか。いや、それどころではない。若い者には我々の年代の者よりずっと致命的な事故が起こりやすいものだ。若者は病気にかかりやすいし、病気になれば症状も重く、手当ても難しい。だから年老いるまで生きながらえる者は僅かなのだ。もし人がそれほど早死にしなければ、この世はずっと幸福で思慮に満ちたものとなるだろうよ。老人には思考力も理性も良識もあるからね。もし老人が一人もいなかったら、どんな国家だって全然存立しえなかったと思うよ。さてと、さし迫っている死が話題だったね。ご覧の通り、もし青年も老人と同様に死の危険にさらされているのなら、どうしてそれが老年だけの欠点と言えるだろう。

(六八) 私はねえ、よくできた息子を亡くしたときつくづく感じたんだが、スキピオ君、君も最高の地位にまで登るはずだった弟さんたち(1)が亡くなったとき、実感しただろう。死はあらゆる年の人にひとしく起こりうるということだ。でも君たちは言うだろう。青年には長い将来が期待できるが、老人にはそれができないと。愚かな期待だよ。不確かなことを確かと思い、虚偽を真実と考えるほど愚かなことがあろうか。しかし、老人は何かを期待することさえできないと、君たちは言うかもしれない。いや、だからこそ老年は青年よりましなのだ。なぜって、老人は青年が望むものをすでに手に入れてしまったからだ。青年は長生きしたいと望むが、老人はすでに長く生きたわけだ。

(六九) とはいえ、おお善き神々よ、いったい人が持って生まれたもので長続きするものがあるでしょうか。それ以上はないほどの長生きをさせてみて下さい。タルテッスス人の王ほどの長生きを期待してみたいものだが、結局は同じことだろう。書かれたものを見ると、タルテッススの王アルガントニウスはガデスに住み、八〇年間統治し、一二〇年間生きたということだ。しかし私には何にせよ、終わりあるものは決して長いとは思えないんだよ。なぜって、終わりが来れば過去のすべてが消えてしまうからさ。残るのはただ、徳と正しい行為との結果だけだよ。時も日も月も年も過ぎ去って戻ることがない。将来何が起こるかもわからない。誰でも与えられた寿命で満足しなければならないのだよ。

（七〇）たとえば、役者は観衆を喜ばせるために劇の最後まで演技する必要はない。どの幕であろうと、出演したところで称賛されればそれでいいのだ。賢者も終幕の「さあ拍手ご喝采を！」[2]まで生きている必要はない。短い生涯でも、正しく立派に生きるためには十分長いからだ。しかし長く生き延びたからといって嘆くこともない。それは快い春が過ぎ去って夏や秋が来たことを農夫が嘆かないのと同じことだ。春とは青春のこと、将来の実りを示す。他方、残りの季節は作物の収穫に適しているというわけだ。

（七一）さて老年が手にする実りとは、すでにしばしば述べた通り、若い頃かち得たよきものの思い出がたくさんあることだ。ところで、自然に従って起こることはすべて善とみなされるべきだが、老人にとって死より自然にかなったことがあるだろうか。その同じ死も、青年の場合には自然に矛盾し逆らって起こる。思うに、青年の死は、焔の力が多量の水で抑えこまれるようにして起こるけれども、老人の死といえば、火が燃え尽くすと何をしなくてもひとりでに消えるのに似ている。例えてみれば、青い果実を木からもぎとるのには力が要るが、よく熟していればひとりでに落ちるようなもので、青年から生命を奪うのは暴力だが、老年から生命を奪うのは成熟なんだね。成熟して死ぬのは私にはとても望ましいことなんだ。だから死が近づくにつれて、ちょうど長い航海がすみ、陸地が見えてきて、ついに港に入ろうとしているような気分になるんだよ。

（1）「弟さんたち」　小スキピオの実父ルキウス・アエミリウス・パウルス・マケドニクスの末の二人の子。父のマケドニア征服の頃、相次いで没した。一二歳と一四歳だった。マケドニクスの上の二人の息子はスキピオ家とファビウス家を継ぎ、この二人が相続人だったので、彼の打撃は大きかった。

（2）「さあ拍手ご喝采を！」　劇の最後に歌い役が前に進み出ていう言葉。テレンティウスのすべての劇、プラウトゥスの大部分の劇はこの言葉で終わる。現在ではベートーベンの臨終の言葉として広く知られている。

第二〇章

(七二) しかし老年には明確な限界などあるわけではないぞ。なおも義務を遂行し死を軽んずることができる限り、人は老いても正しく生きることができるのである。この意味で老人は青年より勇敢でもあり、より強いとさえいえる。僭主ペイシストラトスに対するソロンの答えも結局はそういうことだ。ペイシストラトス(1)がソロンに「一体全体あなたは何に頼って私にかくも勇敢に抵抗するのか」と尋ねたとき、ソロンは「老人だからできるのだ」と答えたという。しかし人の生命の最上の結末は、かつてそれを組み立てた同じ自然が、老人の精神と感覚は損なわぬままに、自らの作品を自らの手で解体してゆく場合だ。船でも建物でも、それを最も簡単に取り壊すのは、それを作った人だ。同様に人の場合も、それを組み立てた自然が、一番上手に解体するのだ。それにどんな構成物でも、新しいものは壊しにくいが、古くなったものは壊しやすいものだ。以上から生ずる結論は、老人は短い人生の残りをむさぼるべきでもないし、理由なしに捨てるべきでもない、ということだね。(七三)ピュタゴラスは、最高司令官つまり神の命令なしに人生の戦線から退くことを禁じている。賢者ソロンは短詩の中で、自分が死んだら友人たちが嘆いたり涙を流したりしてくれなければ困るといっている。思うに彼は、自分は友人たちにとって大切な存在だと思いたいのだ。だが、どうやらエンニウスの方が優れているように思う。

我死なば　涙は無用
嘆きもて　我を弔ふことなかれ

彼は、後に不死が伴うのだから死は嘆く必要はないと考えているのだよ。(七四)さて(人は死ぬとき、自分は今)死ぬという、なんらかの知覚があるのかもしれない。でもそれは、殊に老人の場合、瞬間的なものだろうね。死んだあとは、我々には望ましい感覚があるのか、それとも全くないか、どちらかだね。しかしこういうことは、平気で死ねるように、若い頃からよくよく考えておかなければならないんだよ。この準備がないと、誰だって平静ではいられないものだ。なぜって、人は確実に死ななければならないからさ。しかもそれは今日この日のことかも知れないんだよ。いつ来るかわからない死を恐れていたら、誰が平静でいられるだろう。

（七五）平然として死に直面するということについて、長い議論は不必要だと思うよ。次の人たちのことを思い出してみればいい。祖国を解放するために殺されたルキウス・ブルートゥス、自軍の勝利のために生命を捧げて馬を走らせた二人のデキウス、敵との約束を果たすため処刑されに帰ったマルクス・アティリウス、体を張ってまでカルタゴの進軍を妨げようとしたプブリウスとグナエウスの二人のスキピオ、カンナエの屈辱をもたらした同僚の暴挙を、死をもって償った君のお祖父様のルキウス・パウルス、またマルクス・マルケッルスたちだ。マルケッルスの死に対しては、最も残忍な敵ハンニバルさえ、埋葬の礼をもって敬意を表したのだよ。こういう有名な人でなくても、これは私が『起源論』の中で書いたことだが、生きて帰れるとは思えない場所へ勇んで出発したわが軍団のことを思えば、もうそれで十分だろうよ。だからこうした青年たち、それも無学な若者ばかりか田舎の若者までが軽蔑することを、学識のある老人が怖れるなんてことがあるだろうか。

（七六）私の考えるところでは、何であれ、求めるものを手に入れることが、満ち足りた人生をもたらすのは確かだ。幼年時代には幼年時代で手に入れたいものがある。でもそれは若者がほしがるものとは違うだろう。青春には青春が追求するものがある。でもそれは落ち着いた中年が求めることと同じかな。中年が必要とするのは別のものだよ。しかしそれはまた、老人の要求と同じではない。老年には人生最後の欲求があるんだよ。こうして、結局のところ、先立つ時期の欲求がそれぞれ消滅してゆくように、老年の欲求も消滅するのだ。こうなると人は人生に満ち足りる。死の時期が熟するんだね。

（1）「僭主」　タイラントの訳語。一般的には専制独裁の暴君を意味するが、歴史的にはギリシャ都市国家の単独支配者をさす。正当な王（バシレイオス）とは違って、非合法的手段で政権を奪取して王位についた人であるが、本来は暴君ではない。本文中のペイシストラトスの治世下ではアテネの経済、文化が興隆した。

第二一章

（七七）さて、死について私自身が考えていることを、大胆に語っていけないわけはない。なぜって、死に近づけば近づくだけ、死をよりよく理解できるように思われるからだ。スキピオ君、ラエリウス君、いまは亡き君たちの父上たち、大変有名で、私もとても親しくしていただいたこの方たちは、実は今もなお生きておられ、しかもそれこそまさに生の名に値する生を生きておられると思うよ。私たちは、この肉体という組織に閉じ込められている限り、やむをえない義務と苦しい仕事を遂行するんだ。天上のものであった魂が、いと高き住みかから投げ落とされ、いわば大地に沈められているわけだ。それは魂の神性や永遠性とは正反対の場所だ。しかし私が信ずるところでは、不死の神々が人々の体の中に魂を撒き入れたのは、大地を見守り天上の秩序を観察し、それを一貫して自らの生き方に反映させる人間というものが成り立つためなんだ。思索や議論だけではない。最高の哲学者の名声と権威が私にこのようなことを信じさせるんだ。

（七八）私がよく耳にしたところによると、ピュタゴラスとピュタゴラス派の哲学者たちは――彼らはかつてイタリア哲学者と呼ばれ、ローマ人といってもよいほどなんだが――私たちが神聖な宇宙精神に由来する霊魂をもっていることを、決して疑わなかったという。さらにアポロの御神託によってあらゆる人間の中で最も賢い人と判定されたソクラテスが、生涯の最後の日に霊魂の不滅について論じたことを、私は聞いている。だから今さら多言を費す必要はなかろう。なるほどと納得し、また自分でもそう思うところによれば、魂がこれほどすばやくはたらき、過去のことをこれほどよく記憶し、将来のことにこんなによく配慮し、そしてこんなすばらしい技芸、知識、創意をもっているからには、そういう働きを含む霊魂の本性が死滅するはずはない。また霊魂は常に活動していて、それも自分から動いているのだから、霊魂には動き始めがない。また、霊魂が自らを放棄することはあり得ないから、運動が終わることもあるまい。さらに霊魂の本性は単一であって、自分とは異なりまた自分とは似ていない混合物を何一つもっていないのだから、霊魂の分解は不可能だ。そして、もしそれが不可能なら、霊魂が消滅することはあり得ないことになる。ところで人間は生まれる前から多くのことを知っているという十分な証拠がある。まだ子供だというのに、難しい技芸を学ぶときは、大変な速さで数えきれないほどたくさんのことを憶えてしまうから、初めて学ぶとは思えず、前に学んだことを思い起こしているようにみえる。以上はプラトン説[1]の概要である。

（1）「プラトン説」 概して『パイドン』73A—77Bによっている。

第二二章

（七九）クセノフォンによれば、大キュロスは臨終に際してこう言ったということだ。「最愛の息子たちよ。私がお前たちのところから離れても、私がどこにもいなくなってしまうとか、無に帰してしまうとか、考えないでほしい。なんとなれば、私がお前たちと一緒にいたときだって、お前たちは私の霊魂を見てなどいなかったのだ。私が行なうことからして、お前たちは霊魂がこの体の中にあることを悟ったのだ。だから今後は何も見えなくても、私の魂が存在していることを信じなさい。

（八〇）実際、有名人の名声も、もし彼らの霊魂が働いて我々がその記憶を長く保つように仕向けなければ、死んだ後まで残ることはないだろう。霊魂は死すべき肉体の中にある間は生きているが、それから離れると死ぬなどということは、私にはとても信じられなかった。霊魂は、思考することのない肉体から脱出したとたんに思考を止めてしまうというのも、考えられないことだった。それどころか霊魂は、肉体との混合から解放されて、浄らかな全きものとなり始めたとき、初めて賢明なものになるのだと思う。こういうこともある。人間という自然物が死によって分解されるとき、他の要素がそれぞれどこへ行ってしまうかは明らかだ。なぜなら、すべてのものはそれが由来したところへ帰っていくのだから。ところが霊魂だけは、肉体の中にあるときも肉体から去った後も目にみえない。だから分解されるという証拠はないのだ。さらにいえば、眠りほど死に似ているものはないということは、お前たちにもわかるだろう。

(八一) 眠っている人たちの霊魂ほどその神性をよく示すものはない。霊魂は体から解放されて自由になるとき、(夢で) 未来の多くのことを予見するのだ。このことから、霊魂は、肉体の束縛から完全に解かれたときどんなふうになっていくか、わかるというものだ。だからもし霊魂が神性を持ち不滅であるならば、私を神のように敬いなさい。しかし、もし霊魂が肉体と共に死んでしまうのだとしても、お前たちはこの美しい宇宙を見守り統治したもう神々を敬い、私の思い出を傷つけることなく愛情をもって大切にするがよい」。

第二三章

大キュロスは臨終に際して、実にこのように述べたのだ。もし君たちさえよければ、わが国の人たちの事例を見てみよう。

(八二) スキピオ君、君のお父さんのパウルスにせよ、あるいはお二人のお祖父さんのパウルスとアフリカヌスにせよ、またアフリカヌスのお父さんや伯父さん、その他いちいち数えたてるまでもない多くの優れた人たちにせよ、もし後世の人など自分たちとは何の関係もないと思ったら、後世の記録に残るような立派な仕事を企てるわけがないよ。私にはどうしてもそう思えるんだ。老人の癖で少しばかり自慢させてもらうが、私だって、もし私の名声が生涯と共に終わってしまうものなら、なんであんなにたくさんの仕事を引き受けて、昼も夜も、国内でも国外でも、働いたりするもんか。そう思わないかい。何の苦労もなく何も努力せず、閑で静かな人生を送るほうがずっとましじゃないか。しかしなぜか霊魂は奮いたって、いつも後世のことを望み見たのだ。まるで、この世から離れたとき初めて本当に生き始めるものみたいにね。もし霊魂が不滅でないとしたら、すぐれた人の霊魂ほど不滅の栄光のために一層努力するなんてことは、まずあり得ないね。

(八三) 賢明な人ほど平静な心をもって死に、愚かな人ほど心をかき乱されて死ぬとは、いったいどういうことだろう。よりよく、またより鋭く認識する霊魂には、死んだらよりよいものへ向かって出発することがわかるけれど、視力が鈍い霊魂にはそれがわからないんだ。君たちにはそう思えないかい。実際私は、かって敬愛した君たちの父上にお会いする希望で有頂天になっているんだよ。さらに、私が直接知っている人たちだけではなく、話に聞いたり本で読んだり、あるいは私が文章に書いたりした人たちにも、ぜひ会いたいと思うんだ。私はそういうところに旅立とうとしているんだから、何ものにも私を引き戻すことは容易にできないだろうし、ペリアスみたいに、煮直して若返らせることもできないだろうね。もしどの神様かが、この年齢から再び子供に戻って揺籃の中で泣き叫ぶことをお許しになったとしても、私は固くお断りしたいよ。ほんとうに私は、せっかく走路を走り終えたのに、ゴールからスタート地点へ呼び戻されるなんてことはまっぴらごめんなんだ。

（八四）いったいこの世の生にはどんな利益があるんだろう。というより、人生にはどんな苦労が欠けているんだろう。たしかによい事はあるだろう。しかしそれには必ず飽満か限界があるものだ。無論私は人生を嘆きたくはない。多くの人たち、そしてあの賢明な人たちでさえ、(1) しばしば嘆いたものだけれどね。また私は今まで生きたことを悔やみはしない。なぜって私は、生まれたことが虚しく思われるような生き方は、してこなかったからだ。こうして私はこの世から立ち去るのだが、この世はわが家というより仮の宿なんだ。つまり自然は私たちに、永住するためではなくて、一時の滞在のための宿を与えてくれたわけだ。私がこの体という雑多な混合物を離れ、あの神々（こうごう）しい魂が集う集会へ向けて出発する日は、おう、なんと素晴らしいことか。そうすれば私は、さっき話した人たちばかりか、私の息子のカトーのところにも行けるんだよ。あれほど優れた性質の者はいなかったし、親孝行の点でも彼に勝る者はなかった。私は彼の遺体を自分の手で灰にしたんだが、ほんとうは私の遺体が彼の手で灰にされるべきだったんだ。でも彼の魂は私を見捨てたのではない。実はふり返りふり返り、私自身がやがて来るに違いない場所に立ち去ったのだ。彼にはそれがわかっていたんだ。他人には、私がこの不幸をけなげに耐えているように見えたらしいが、私は平静な気持ちでいたわけではないんだ。ただ私たちの別離は長いものではないと見込んで、それを慰めにしてきたんだよ。

（八五）以上のようなわけでスキピオ君、君はいつもそれをラエリウス君と一緒に称賛していると言われたが、老年は私にとって少しも重荷ではない。いや苦痛でないばかりか楽しくさえあるのだ。私は人間の霊魂は不滅だと信じているが、もし私の考えがまちがっていても、まちがいを改める気は全くないし、それが気に入っているんだから、生きている限り奪い取られたくはないね。他方、つまらない哲学者どもが考えているように、死んだらなにもわからなくなるものなら、死んだ哲学者どもが私の哲学の誤りを嘲笑するのではないかと怖れる必要もないわけだ。仮に私たちが不死の存在にならないのだとしても、人はやはり、いつまでも生きようとはせずに、それぞれ適当なときに消え去ることが望ましいのだ。自然は他のすべてのことに限界をおくのと同じように、生きることにも限界をおくからだ。それに老年はいわば人生という芝居の大詰めなのだ。私たちは芝居に疲れたら、特に満ち足りて飽きてきたら、そこからさっさと逃げ出さねばならん。以上が老年についての私の見解というわけだ。どうか君たちがいつか老境に達し、私から聞いたことにみずから思い当たって、その正しさを証明してくれますように！

（1）『コロノスのオイディプス』の中でソフォクレスは「この世に生を享けないのが、すべてにまして、いちばんよいこと、生まれたからには、来たところ、そこへ速（すみや）かに赴くのが次にいちばんよいことだ」（高津春繁訳）と合唱隊に言わせているし、ヘロドトスも『歴史』の中で「人生は悲惨だ。死こそ最も望ましい隠れ家だ」と言っている。

キケロについて

キケロ（Marcus Tullius Cicero）は前一〇六年一月三日、ローマの東南一〇〇キロほどのアルピヌムで生まれた。生来頭がよく向学心も強かったので、騎士身分の父は、よい教育を受けさせるため、彼を弟のクイントゥスと一緒にローマに住まわせ、文法、修辞学、ギリシャ語を勉強させた。本編の献呈者であるアッティクスと知り合ったのはこの時期のことであろう。前九一年に成人式を迎えたのち、キケロはスカエウォラについて法律を学び、さらにエピクロス派、新アカデミー派、ストア派の学者のもとで哲学を学んだ。

さて当時世に出る最良の道は雄弁家となることだった。キケロもこの道を選び、前八一年、初めてフォルム（市民集会所）に弁護士として登場した。彼はたちまち人々の注目を集め、同じ年に、当時第一流の弁護士であったホルテンシウスを相手どって〈クイントゥスのために〉という有名な弁護演説を行なった。二六歳の時であった。その後アテネに赴いて二年間勉学し、さらにロドスにしばらく滞在して修辞学を研究したが、ここで有名なストア派の学者ポセイドニオスを知り、強い影響を受けた。

前七六年、キケロはローマに帰り、再びフォルムの演壇に立つが、彼は既にローマの指導的弁護士の一人であった。雄弁家として成功した彼には、やがて政治家への道が開かれる。前七五年財務官に選出され、総督代理としてシシリー島に赴任して一年間、有能な官吏、政治家として活躍した。ローマに帰って再び弁護活動を始めると、シシリー島の住民たちが来て、総督ガイウス・ウェッレスの統治の残忍さと搾取ぶりを訴え、彼を起訴するようキケロに懇願した。この起訴演説が「対ウェッレス弾劾の第一訴訟」で、ウェッレスは敗れて国外に去り、彼を弁護したホルテンシウスも失脚した。こうして雄弁家キケロの地位は不動のものとなった。

その後彼は按察官、法務官となった。当時彼はポプラーレス（民衆派）を基盤とするポンペイウスを支持していた。ところが前六四年、ガイウス・アントニウスと共に念願の執政官（前六三年度）に選ばれるや、オプティマーテス（閥族派）に入ってしまった。

彼の執政官時代に起こった大事件が、有名なカティリナ陰謀事件である。名門の貴族の出であったカティリナは放縦な生活をして莫大な借金を作り、名誉を回復しようとして、キケロと同じときに執政官に立候補したが敗北し、さらにキケロの在任中に行なわれた前六二年度のための執政官選挙でも落選した。カティリナは自暴自棄になり反乱を計画した。イタリア各地で騒擾を起こし、首都に侵攻して放火し、不満分子を味方につけて政界の有力者を暗殺し、政権を奪取しようとしたのである。

しかしその陰謀は元老院でキケロに摘発され、未然に防がれた。その時のキケロの演説が「カティリナ弾劾」である。カティリナはエトルリアに逃れて防戦したが戦死した。内乱を免れたローマ市民は、キケロに〈祖国の父〉という尊称を贈り感謝の意を表した。この頃がキケロの最も栄光に満ちた時代だった。彼はローマ最高級の住宅地パラティウムの丘に邸宅を構え、多くの別荘を持った。しかしその年の終わり、カティリナの残党であるローマ市民を裁判にかけずに処刑したことが護民官メテッルスにより問題にされ、前五八年カエサルの支持を得て護民官になったクローディウスも、キケロの追放を提議した。

ポンペイウスからも見離されたキケロは、自ら進んで追放の身となり、国外に逃れた。しかしこの追放は長くは続かず、前五七年、カエサルの同意も得てローマに帰ってきた。彼は歓呼をもって迎えられ、元老院における地位をも回復した。壊された邸宅も別荘も、国費をもって再建された。カエサルとも親交を結び、前五三年には鳥卜官、前五一年には地方総督としてキリキアに赴き、住民の信頼をかちえた。

ところでカエサルはポンペイウスおよび元老院と険悪な仲になり、前四九年ついに軍隊を率いてルビコン川を渡り、内乱が勃発した。キケロは両者の間にはさまれて悩んだ末、ポンペイウスに従ってローマを離れ、東方に去った。前四八年、ポンペイウスはファルサロスの戦いでカエサルに完敗してエジプトに逃れたが、そこで殺された。キケロはブルンディジウムで一年間、カエサルの指示を待った。前四七年、カエサルの寛大な赦免を得て和解することができたが、その後カエサルがブルートゥスらに暗殺されるまで、キケロは政界から完全に離れて、もっぱら哲学や倫理学、法律学などの研究と著述に専念した。『老年論』もこの時期に書かれたものである。政治的に失意のこの時期、彼は家庭的にも不幸だった。

前四四年三月一五日にカエサルが暗殺されたあと、キケロは再び政界に復帰する。

その時彼はすでに六二歳だったが、祖国の自由獲得と共和制再建のために全力を注ぎ、若いオクタウィアヌス（後のアウグストゥス）を助けてアントニウスを攻撃した。一四編の「アントニウスに対するピリッポス的演説」はこのときのものである。しかしオクタウィアヌスはキケロを裏切って、結局前四三年、アントニウス、レピドゥスと共に第二次三頭政治を実現させてしまう。こうしてローマの共和制は終わりを告げた。

しかもオクタウィアヌスはアントニウスの意向に沿って、キケロと弟のクイントゥスを法律の保護が受けられない身とした。キケロはマケドニアに逃れようとしたが、前四三年一二月七日、別荘のあるフォルミアエの近くのカイエタで刺殺された。アントニウスの命令で、キケロの首と「ピリッポス的演説」を書いた手とはローマに運ばれ、フォルムの演壇にさらされた。

上にも述べたキケロの演説を含め、演説は六〇編ほど現存している。他に著述があり、重要なものは『国家について』、『法律について』、『雄弁家について』、『最高の善と最大の悪について』、『トゥスクルム談論』、『大カトー・老年について』、『運命について』、『ラエリウス・友情について』、『義務について』などである。その他数百通の書簡が残っている。

キケロはギリシャ哲学諸流派の強い影響下にあり、それらを折衷した思想を持っていた。唯物論や宿命主義はとらず、神の存在を信じ、意志の自由を認めていた。著作には倫理学的、実践的なものが多く、独創的ではないが、ラテン語で哲学的思想を述べ、ラテン語を哲学的思想を語りうる言語に発展させた功績は大きい。総じて彼の散文は文法上も文体上も、ラテン語の模範とされるものである。

登場人物について

以下は『老年論』に対話者として登場する三人（カトー、スキピオ、ラエリウス）についての説明である。

［カトー］

Marcus Porcius Cato Censorius（前二三四〜一四九）は通例、大カトーと呼ばれている。前二世紀前半のローマ政界の最有力者。名門の出ではなかったが、一七歳で初めて戦場に出、一兵士としてハンニバル軍と戦った。勤労と倹約で有名になり、次第に高職に上り、前一九五年、執政官に選ばれてヒスパニアに遠征した。前一九二年、テルモピュラエの戦いでシリアのアンティオコス三世を敗走させ名声を得たが、これを最後に武人の生活を離れた。

前一八四年、監察官に選ばれた。彼は監察官として辣腕を揮ったので、ケンソリウス（監察官の）という異名をつけて呼ばれるようになった。公平と秩序を重んじ、背徳、不義を厳罰に処し、華美や贅沢に重税を課した。元老院議員にふさわしくない者は容赦なく除名した。彼は古風厳格な古代ローマ人の典型だった。

ところで前三世紀以来、ギリシャの文学、宗教、習慣は滔々とローマに流れ込んだ。偉大なギリシャ文学に接してローマ人の才能も次第に目覚め、ローマ人独自の文学さえ生まれようとしていた。しかし一方へレニズム文化の影響で、世は華美に流れ奢侈に耽って、ローマ古来の質実剛健の気風は失われていった。カトーはこの風潮に激しく抵抗してギリシャ文化排撃の先頭に立った。前一五五年にアカデミア派の哲学者カルネアデスの一行が使節としてローマに来て講演をし、ローマの青年の心を引きつけたときには、青年たちが哲学的議論に溺れ武事を顧みなくなることを怖れて、元老院に要求して一行をローマから追い返したほどである。

このようにカトーは、哲学の議論や修辞術を有害無益なものとしたが、彼自身は雄弁家であり、ストア派の哲学を究め、厳格なストア主義者でもあった。彼はまたラテン語散文において大きな足跡を残し、『起源論』は僅かな断片を残すのみだが、ラテン語で書かれた最古の歴史の一つであり、『農業論』は現存する最古のラテン語散文で貴重な資料である。前一五七年、彼は使節としてカルタゴを訪れ、敗戦国の著しい復興を見、やがて再びローマの脅威となることを怖れて、元老院におけるすべての演説を「カルタゴは滅ぼされなければならない」という言葉で結んだが、前一四九年、カルタゴの滅亡を見ずに死んだ。

さてこの『老年論』は本文で述べられているように、二人の青年、小スキピオ・アフリカヌスとガイウス・ラエリウスが大カトー邸を訪れて、彼から老年について話を聞くという形式になっている。対話は前一五〇年になされたことにされていて、これはカトーの死ぬ前年、八四歳のときに当たり、二人の青年はラエリウス三八歳、スキピオ三五歳ということになる。キケロは献呈者のアッティクスに、彼がカトーを話し手として選んだのは、カトーが八五歳という長寿を全うし、しかもその晩年が大変幸せであったからだと語っている。

ところでここに登場するカトーは決して歴史上の人物としてのカトーではなく、あくまでキケロによって描き出された老カトーである。本文中で彼が言い訳しているように、キケロ描くところのギリシャ的教養豊かなカトーは、本人より博識でその厳格さも和らげられている。

［スキピオ］

カトーとの対話の相手である二人の青年のうち、Publius Scipio Aemilianus Africanus Minor、すなわち小スキピオは、前一八五年ごろ Lucius Aemilius Paulus Macedonicus の子として生まれたが、大スキピオの長男の養子となった。前一四七年、一三四年に執政官に選ばれた。武人として、また指揮官として数々の手柄を立てた。前一四六年にはカルタゴを滅ぼし、第三ポエニ戦争を終結させ、前一三三年には、ヌマンチアを征服した。

他方、彼は文学の熱心な研究者であり愛好者でもあった。詩人ルキリウス、喜劇作家テレンティウス、歴史家ポリビオス、哲学者パナエティクスと親交があった。前一二九年、五七歳のとき突然死んだ。それは元老院でティベリウス・グラックスの土地分割法に関して激しい議論をした翌日で、政敵による暗殺が噂された。

〔ラエリウス〕

カトーのもうひとりの話し相手である Gaius Laelius Sapiens は、同名の父ガイウス・ラエリウスと区別するため Sapiens（賢者）という副名をそえて呼ばれる。彼とスキピオの親交はよく知られ、キケロはこの人を『友情論』の主要談話者とした。『友情論』が『ラエリウス』とも呼ばれる所以である。

前一八六年ごろ生まれ、前一四〇年には執政官に選ばれた。勇敢な軍人、優れた弁論家で、ギリシャ文化の保護者だった。彼の青年時代はギリシャ文学や哲学がローマに熱烈に迎えられた時代で、カトーを怒らせたカルネアデスら三人の哲学者の講演（カトーの項参照）には、スキピオとともに出席していたという。哲学に対する愛慕は終生変わらなかった。

人名・地名解説

以下は『老年論』に出てくる人名と地名の解説である。見出し語はアイウエオ順に配列してある。

さてローマ人の名前は通常三つ、場合によっては四つの部分から成り、どの部分で呼ばれるかは慣習によるので、以下の要領で引いていただきたい。名前が二つ以上の部分から成っている場合は、最後の名前で見る。たとえば、ティトゥス・フラミニヌスの場合は、フラミニヌスで引くことになる。また、ルキウス・アエミリウスの場合、アエミリウスで引くと「パウルスの項をみよ」と書いてあるので、そこを見ると記載があるが、これは当人の名がルキウス・アエミリウス・パウルスだからである。

見出し語のあとの数字は、当該人物や地名が出てくる節を示す。よって、見出し語と引きたい人名・地名との一致は、この数字で確かめていただきたい。
表記に際して、母音の長短はわが国での慣用に従った。また古代ローマでは年号を示すために「誰と誰が執政官のとき」といわれた。以下の解説では、単に年号を示すためだけに言及された執政官については説明が省かれていて、その代わりに本文中では数字で当該年が示されている。
なお以下では年号はすべて西暦紀元前なので、「前」が省かれている。したがって「一九八年」は紀元前一九八年のことである。

〔アイアス〕 三一
『イリアス』に登場する、アキレウスに次ぐ勇将。アキレウスのいないときは彼がギリシャ軍の支柱だった。アキレウスの死後、その遺品の武器を得るための競争をしてオデュッセウスに負ける。怒りのあまり錯乱し、敵と錯覚して羊の群れを殺戮し、正気に戻るとこの行ないを恥じて自殺する。

〔アエミリウス〕 一二九
パウルスの項を見よ。

【アエリウス】　二七

Sexutus Aelius Paetus. カトゥス（分別のある）と渾名された。執政官（一九八）、監察官（一九五）。優れた法学者。十二表法のテクスト（注釈つき）をのせた著作を残したといわれているが、それは現存せず真偽は明らかではない。キケロはしばしば、最も博学な法学者として彼に言及する。なお十二表法とは、ローマで四五〇年頃、貴族と平民の闘争の結果として制定され、市場に掲示されたと伝えられるローマ最古の法典。ローマ法発達の出発点となった。

【アガメムノン】　三二

『イリアス』に登場するギリシャ軍の総大将。トロヤ遠征の大軍が港から船出するとき、娘のイフィゲネイアを女神アルテミスに犠牲として捧げた。トロヤに遠征中、妻のクリュタイムネストラが夫のいとこのアイギストスと密通、共謀してトロヤから凱旋したアガメムノンを殺害したが、アガメムノンの息子のオレステスに仇を討たれた。アガメムノン家の悲劇はアイスキュロス、ソフォクレス、エウリピデスの作品に扱われている。

【アッティクス】　一

Titus Pomponius Atticus. 一〇九〜三二。キケロはこの老年論を親友のアッティクスに献呈している。ローマの騎士階級の出であるが、アテネに長く住み、ギリシャ哲学、文学の研究に専念した。経済的な手腕にも恵まれ豊かな富を築いた。彼は公職には一切つかず、どの政治的党派にも属さず、党派を越えて多くの人と親交をもった。カエサルとポンペイウスのような政敵同士のいずれとも親しくし、後にはアントニウスやアウグストゥスにも尊敬された。殊にキケロとは、彼が暗殺されるまで深い友情をもって交わった。キケロがアッティクスに宛てた、四〇〇通にも上る書簡が現存する。彼はキケロの著書の出版者であったが、自らにも『年代史』などの著書があった。

〔アティーリウス〕 六一

Aulus Atilius Calatinus. 第一ポエニ戦争の英雄の一人。二五八、二五四年の執政官。二四九年の独裁官。二四七年、監察官。

〔アティーリウス〕 七五

Marcus Atilius Regulus. 二六七、二五六年の執政官。二度目の執政官のとき起こった第一ポエニ戦争で、ローマ軍が危機に瀕したとき、彼はカルタゴ軍の捕虜となった。カルタゴ軍は、彼をローマに帰すからローマ軍に講和と捕虜の交換を勧めよと命じた。

そして、もし彼の使命が果たされなければカルタゴに戻ることを約束させた。承知して帰国した彼はローマに着くと、ローマ軍にあくまで戦い続けるように勧め、自分は約束通りカルタゴに戻り、残酷な刑罰を受けて殺された。

【アハラ】 五六

Gaius Servilius Ahala. キンキンナトゥス（該当箇所参照）配下の騎兵隊長。四三九年、スプリウス・マエリウス（該当箇所参照）を王権を窺ったとして殺害した。

【アッピウス】 一六、三七

Appius Claudius Caecus. 三〇七、二九六年の執政官。三一二年、監察官。アッピア街道、アッピア水道の建設者。法律家、弁論家、散文および韻文の作家として活動した。ピュロス（該当箇所参照）が提案した講和に反対して二八〇年に行なった演説は有名。

【アフリカヌス】 二九、三五、六一、八二

スキピオを見よ。

【アリスティデス】 二一

五四〇～四六七年頃の人。アテネの政治家。リュシマコスの息子。武将として知られ

るが、正直者で金銭に潔白なので有名だった。アテネがデロス同盟の盟主となったのは、他の同盟国がアリスティデスに対して厚い信頼を寄せていたからといわれる。テミストクレスと意見が合わず陶片追放に処せられたが、ペルシャ軍侵入の前に出た大赦令で帰国を許され、サラミスの海戦の前夜に帰り着いて、アテネの艦隊の司令官の一人となり、テミストクレスを助けた。父リュシマコスはテスミトクレスと大変仲が悪かったという。

【アリストー】 三

ケオス島生まれのペリパトス派の哲学者。二二五年頃活躍。老年についての著作があったというが、現存しない。キオス出身のストア派の哲学者アリストーのことかも知れない。

【アルガントニウス】 六九

タルテッススの王、六世紀の人で、八〇年間統治し、一二〇年生きたといわれている。

【アルキュータス】 三九、四一

タレントゥムのピュタゴラス派の哲学者、数学者。政治家、将軍としても活躍した。ホラティウスによれば、彼はアドリア海で溺死したという。

【アルビヌス】　七
Spurius Postumius Albinus. 一八六年の執政官。ディオニュソス教団の密儀を禁圧した。一八〇年没。享年五〇歳くらい。
【アルビヌス】　四一
Spurius Postumius Albinus. 上記のアルビヌスとは同名の別人。三三二年、監察官。三三四年の執政官。三二一年再び執政官になったとき、カウディウムの戦いでサムニウム人に大敗した。
【アンドロニクス】　五〇
リウィウスを見よ。
【アンビウィウス】　四八
Lucius Ambivius Turpio. カトーの時代の有名な俳優。テレンティウスの劇を演じた。
【イソクラテス】　一三、一一三
（四三六～三三八）。アテネの有名な弁論家、修辞学者。ゴルギアス（該当箇所参照）の弟子。ソクラテスの友人で、その死を悼んで勇敢にも喪服を着た。キオス島で弁論術を一年間教えた後、アテネで法廷弁論の専門的著述を行ない、弁論術の学校も開いた。名声は天下を風靡して多くの弟子が集まった。彼自身は演説を行なうことはなかったが、演説形式の作品が残っている。本文中『パンアテナイクス』はアテネの政策の弁護である。

【イリアス】 三一
ホーマー（該当箇所参照）の作品とされる二大叙事詩の一つ。

【イーダの山】 四五
キュベレの項参照

【ウェトリウス】 四一
Titus Veturius Calvinus. 三二一年の執政官。同僚のアルビヌス（該当箇所参照）と共にカウディウムでサムニウム人に大敗した。

【ヴァレリウス】 六〇
Marcus Varerius Corvinus（三七一～二六七?）。四世紀のローマの英雄。三四八年初めて執政官になり、その後、三四六、三四三、三三五、三〇〇、二九九年の執政官を勤める（第六回は補充執政官だったので、第一回〈三四八年〉と第五回〈三〇〇年〉との間の期間〈三四七年—三〇一年〉が四六年である。キケロは四六年を言いたかったのであろう)。三四九年、護民官のとき、ガリア人と両軍監視の中で格闘したが、大烏(corvus)が飛んで来て、ガリア人の目を突いたため、彼が勝利を得た。彼のコルウィヌスという渾名はこれに由来する。

[エトナの山] 四

シシリー島の火山。標高三三六三メートル。四七五年に既に爆発があったと伝えられる。ギリシャ神話によれば、ゼウスに反抗した巨人たちの中の一人がこの山の下に生き埋めにされたため噴火がおこるという。

[エピクロス] 四三

(三四二/一~二七一/〇)。快楽主義で有名なギリシャの哲学者。三〇七/六年、アテネで家と庭園を買って学問所とし、多くの門人や友人を集めて学問と友愛の生活を営み、エピクロス派の祖となった。彼の根本主張は「生の目的は快楽である」ということであったが、快楽とは「放蕩者の快楽」ではなく、苦痛と混乱からの解放、「煩わされないであること」で、身体の健康と心の平静、他に依存しない自由な精神のことだと説いた。

[エンニウス] 一、一〇、一四、一六、五〇、七三

（二三九〜一六九）。南部イタリアのカラブリア地方のルディアエの人。ここはブルンディジウムの近くでギリシャ人が多く住んでいたため、ギリシャ語をよくした。第二ポエニ戦争の際、ローマ軍の百人隊長としてサルディニアで軍務に服した。そこで大カトーに逢い、ローマに伴われた。ローマではギリシャ語を教え、ギリシャ劇をラテン語で上演できるよう、翻訳した。彼には多くの詩作があるが、代表作の『年代記』は伝説的なトロヤの英雄アエネアスのイタリア上陸から彼自身の時代に至る一大叙事詩である。ローマの国民詩人として長く名声を保ち、後のローマ詩人たちに大きな影響を与えた。

［オデュッセウス］　五四

『イリアス』と並ぶホーマーの叙事詩『オデュッセイア』の主人公。トロヤ戦争におけるギリシャ軍第一の智将。木馬の策は彼の考案とされる。叙事詩には、トロヤ落城後故郷へ帰る海上でのさまざまな冒険が描かれている。ようやく故郷のイタカに帰り、妻にむらがる求婚者たちを蹴散らして、領土を回復する。

［カウディウム］　四一

サムニウムの町。三二一年、この近くで執政官アルビヌスとウェトゥリウスに率いられたローマ軍は、サムニウム人ガイウス・ポンティウスに包囲され、降伏した。

【カエキリウス】 二四、二五、三六

Gaius Caecilius Statius.（二三〇／二一九～一六八／一六六）。ローマの喜劇作家。ガリアの人。奴隷としてローマに連れてこられたが、主人の名に因んでカエキリウスと名乗った。彼の作品はプラウトゥスやテレンティウスの作品と並び称せられ、彼を第一と考える人もいる。エンニウスの友人であり、時代的にも作品の性質からもプラウトゥスとテレンティウスの中間にあった。ギリシャのメナンドロスの模倣が多いといわれるが、断片のみしか現存していない。

【ガデス】 六九

スペインの南海岸、現Cadiz。タルテッスス（町）に近い島にあったフェニキア植民市。二一二年にローマと同盟を結ぶ。非常に裕福で貿易の重要な拠点。

【カトー】

［大カトー］に関しては「登場人物について」をみよ。

【カトー】 一五、六八、八四

Marcus Porcius Cato Licinianus. 大カトーの長子。一六八年、マケドニア戦争のピュ

ドナの戦いで最後のマケドニア王ペレスと勇敢に戦う。ピュドナの戦いの勝者、アエミリウス・パウルス・マケドニクスの娘と結婚、したがって本書でカトーの対話者となっている小スキピオの義理の兄弟。政治家として将来を嘱望されていたにもかかわらず、一五二年、父に先立つこと三年で、若くして病没した。

[カプア] 一〇
中部イタリア、カンパニアの都市。二一六年ハンニバルに帰服したが、二一一年ローマに奪回され、きびしく罰せられた。

[カラティヌス] 六一
[アティリウス]をみよ。

[ガリア] 四二
元来はアルプス山脈とアペニン山脈に挟まれた、ポー河流域の地方。内ガリア。前一世紀、カエサルの『ガリア戦記』でいわれるガリアは現在のフランスのあたり、(外)ガリア。本文に出てくるのは内ガリア。

[ガリア人も住む] 一一
ピケーヌムと呼ばれるこの地域には、その北部にセノーネスというガリア人の一種族

がいた。

［カルウィリウス］　一一

Supurius Carvirius Maximus. 二一二年没。二三四年、二二八年の執政官。二度目のときはファビウス・マクシムスの同僚執政官であった。本文中彼がファビウス・マクシムスに非協力的であったことが記されているが、これは彼の民衆派的傾向を示すものである。

［ガッルス］　四九

Gaius Sulpicius Gallus. 一六六年の執政官。文筆家、雄弁家にして天文学者。一六八年、アエミリウス・パウルスはピュドナの戦いでマケドニア王ペセウスを打ち破ったが、その前日に起こった日蝕を予言した人として有名。

［カルタゴ］　一八、一九

八世紀頃ポエニ人すなわちフェニキア人が北アフリカのテュニス湾の岬に建設した植民市。次第に商業貿易によって富を貯え、六世紀頃には地中海の最有力国となった。ローマとは五〇八年に条約を結び、カルタゴは海上貿易の独占権を持つが、その代わりイタリアには干渉しないことを約した。しかし三世紀になって、ローマが南イタリアのギリシャ人植民市と同盟を結び、その利益を擁護するようになると、両者の関係は険悪になり、ついに二六四年から一四六年まで三回にわたるポエニ戦争が引き起こされた（第一＝二六四〜二四一、第二＝二一八〜二〇一、第三＝一四九〜一四六）。第二ポエニ戦争はハンニバル戦争とも呼ばれるもので、ハンニバルは二一七年にはエトルリアのトラシメヌス湖畔で、二一六年にはアプリアのカンナエで、ローマ軍を全滅させた。しかしそれはカルタゴの決定的勝利とはならず、戦いはその後一五年も続き、ハンニバルの勢いは次第に衰えた。結局二〇二年、ザマの戦いで大スキピオの率いるローマ軍が大勝して戦いは終結し、ローマは西地中海の覇権を握った。にもかかわらずカルタゴの復活は目ざましかった。そして一四九年から第三ポエニ戦争となり、小スキピオの指揮によるローマ軍の厳しい攻撃で、一四六年カルタゴは完全に滅亡した。

[カンナエ]　七五
イタリアの東南部、アプリア地方の村。ローマ軍がハンニバルに大敗したところ。

[キネアス]　四三
テッサリアの人。弁論家デモステネスの弟子。ピュロス王の大臣。ピュロス王はタレ

ントゥムの要請で、大軍を率いて南イタリアに渡り、第一戦でローマ軍を象軍を使って壊走させたものの、ピュロス軍も手ひどい損害を受けたため、和平使節としてキネアスをローマに派遣した（二八〇）。ローマ人の中には和平に傾く人も少なくなかったが、このとき本文六章にあるように、隠退して盲目の余生を送っていたアッピウス・クラウディウスが、息子や婿たちに抱えられて元老院にのりこみ、講和拒否の演説を行なったため、キネアスは送り返された。彼はピュロスにローマ人恐るべしと伝え、ことに元老院はあたかも大勢の王たちの集まりのようだったと報告したという。

［キュベレ］（大母神）　四五

フリギアを中心として小アジア一帯に崇拝された大地女神。ギリシャではゼウスを産んだレアと同一視された。獅子と半神半人の霊格の一団を率いる姿で山上に祭られた。この女神の崇拝は、小アジアから発して地中海沿岸の諸地方にひろまった。ローマへは二〇四年に伝えられた。キュベレの祭りは四月四日から六日間続く。フリギアのイーダ山はキュベレ崇拝の大切な中心であった。

［キュロス］　（大キュロス）三〇、三二、七九、八一

（在位五五九～五二九）。古代ペルシャの王。大帝国建設の基礎を築いたところから大

王と呼ばれる。初めアンシャンの王でメディア王国に藩属していたが、独立の軍を起こし、五五〇年メディアを征服した。五四九年にはリュディアを滅ぼし、小アジアを手に入れ、その後バビロニア、シリア、パレスティナを征服し、大帝国をつくった。彼はバビロニアに捕らえられていたユダヤ人を帰国させたほか、原住民の宗教や習俗を尊重した。カスピ海東方の遊牧民マッサゲタイ人討伐中に戦死したといわれる。

［キュロス］（小キュロス）五九
ペルシャの王子、小キュロス（?～四〇一）はペルシャ王ダリウス二世の次男で、小アジアの大守に任ぜられ、ペロポネソス戦争ではスパルタを後援した。父王の没後、兄アルタクセルクセスが王位を継いだが、その頃から兄と不和になり、兄に叛いて四〇一年、ギリシャで兵を募り、メソポタミアへ進み、クナクサで兄の軍と会戦したが戦死した。キケロは彼をペルシャ王と呼んでいるが、上述のごとく彼はペルシャの王位についたことはなく、〝rex〟は王子の意味であると注解家は述べている。

［キンキンナトゥス］　五六
Lucius Quinctius Cincinnatus. 四五八年の独裁官。ローマ近隣のアエクイ族を討伐。敵軍を破ると直ちに農園に帰った。その後四三九年に呼び出されて再び独裁官になっ

た。これはこのとき王権をねらった（とされる）スプリウス・マエリウス対策のためで、彼はマエリウスを召喚したが、マエリウスはすぐには応じなかったので、キンキンナトゥス配下の騎兵隊長アハラは、独裁官の命に従わなかったかどでマエリウスを殺害してしまった（アハラ、マエリウスの項参照）。北米の都市シンシナティはキンキンナトゥスの名に因んで命名されたという。

【クセノクラテス】 一二三

（三九四〜三一四頃）。ギリシャの哲学者。アテネでプラトンに師事した。三三九年から三一四年までアカデメイアの第三代の学頭職にあった。彼においてプラトン主義は数学的、思弁的、神秘的な傾向を強めた。

【クセノフォン】 三〇、四六、五九、七九

（四三〇〜三五四頃）。ギリシャの歴史家。アテネの人。若年の頃ソクラテスと接触があったらしい。四〇一年、友人の勧めでペルシャの王子小キュロス（当該項参照）の傭兵ギリシャ軍に加わった。奥地の山賊退治という名目だったが、小キュロスは戦死、ギリシャ傭兵の将軍も殺された。クセノフォンは、指導者を失って混乱したギリシャ人一万人を励まして北方の黒海沿岸に脱出した。クセノフォンがこの退却行を詳しく

誌したのが『アナバシス』である。のちスパルタ軍に加わって小アジアを転戦し、スパルタ王アゲシラオスの知遇を得、その賛美者となった。三九二年スパルタ軍に加わって、祖国に弓を引くに及んで、アテネから追放された。スパルタからエリスのいなかに領地を与えられ、著作と狩に日を送るうち、テーベの興隆により所領を失い、コリントスに赴き、ここで世を去った。『アナバシス』の他に『ヘレニカ』、『家政論』、『キュロスの教育』など多くの著作が現存する。

［クラウディウス］　一六

［アッピウス］を見よ。

［クラッスス］　二七、五〇、六一

Publius Licinius Crassus（?～一八三）。大神官（二一二）。執政官（二〇五、スキピオ・アフリカヌスの同僚として）。彼は、大変稀なことであったが、執政官などの高級政務官になる前に大神官に選ばれた。これは彼が法律的博識で有名だったからである。また彼は二一〇年に監察官となったが、これも執政官になる前のことであった。二〇四年、その年の執政官センプロニウスと協力してクロトンの近くでカルタゴ軍と戦い勝利をおさめた。

【クリウス】　一五、四二、五五、五六
Manius Curius Dentatus. 二九〇年、二七五年、二七四年の執政官。最初の執政官職にあったとき、サムニウム人、サビニ人を打ち破り、三度目のときにピュロスを破った。この勝利の後、彼は自分の農地に帰って隠退生活を送るが、二七二年には監察官となる。キケロはしばしば彼をファブリキウス、コルンカニウスの友人として言及し、ホラティウスもファブリキウスと並んで質素な古代ローマ人の典型とする。本文中の「私は富を所有するより云々」（五六節）という言葉はしばしば引用される。

【クリトブロス】　五九
クリトンの息子。素行がよくないのを父クリトンが憂え、ソクラテスに善導を依頼した。その結果、彼はソクラテスの最も忠実な弟子となり、師と死を共にした。クセノフォンの『オイコノミクス』（家政論）は、ソクラテスとクリトブロスの対話をクセノフォンが聞いて記したという形をとっている。

【クレアンテス】　二三
（三三一〜二三二頃）。ストア派の哲学者。キプロスのゼノンの弟子。その遺業を伝え、二六三年から死ぬまでゼノンのあとをついでストア派の学頭となった。貧しさのため、副業をしながら勉強した。歯を病み、断食でなおったが、そのまま断食を続けて死んだと伝えられる。彼は意志の力を重んじ、それをあらゆる徳の源泉とした。また哲学を弁証学、修辞学、倫理学、政治学、神学の六部門に分けた。

[ケテーグス]　一〇、五〇

Marcus Cornelius Cethegus. 二〇四年の執政官（本文一〇節参照）。ハンニバルの兄弟マーゴを北イタリアで撃破した。雄弁家として有名。

[コルウィヌス]　六〇

［ヴァレリウス］を見よ。

[ゴルギアス]　一三、二三

（四八五頃〜?）。有名なソフィスト。シシリー島の人。四二七年、アテネに使節として赴き、その雄弁でアテネ市民を魅了した。本文にあるように一〇〇歳を越えて死んだ。

[コルンカニウス]　一五、二七、四三

Titus Coruncanius. 法学者、二八〇年の執政官。法律学の造詣深く、公に教え、賢者の称号を得た。執政官のときには軍事上の功績もあげた。二五四年、平民出身の最初

の大神官に選ばれたが、間もなく没した。キケロはしばしば法律学の権威として彼に言及する。

［サビニ地方］ 二四

ローマの北隣の地方。

［サビニ人］ 四六、五五

ローマ建設に深い関わりを持つイタリア山岳民族。ローマ市民権を獲得、ローマ化した。サビヌムという言葉で、カトーは自分のトゥスクルムの所領を指す。

［サムニウム人］ 四一、四三、五五、五六

アペニン山脈南部高地のサムニウムに住んでいた部族。第一次サムニウム戦争（三四三〜三四〇）、第二次サムニウム戦争（三四〇〜三一七）、第三次サムニウム戦争（二九八〜二九〇）の結果、ローマは中部イタリアの覇権を握った。

［サリナートル］ 七

Gaius Livius Salinator. 一八八年の執政官。一九一年にシリアのアンティオコス大王の艦隊を破った。

［サリナートル］ 一一

Marcus Livius Salinator. 前項の人とは同名の別人。ローマの史家リウィウスによれば、二一二年タレントゥムが再びローマの手にもどるまで要塞を守り通したのは、Marcus Livius Macatus である。キケロはこれを Marcus Livius Salinator と間違えたらしい。ちなみにこの人物は二一九年の執政官で、二〇七年メタウルス河畔でハンニバルの弟ハスドルバルを破った。

〔シモニデス〕 二三

(五五六～四六八頃)。アテネに近いケオス島の生まれ。早く詩名をあげて各地に招かれ、合唱詩や碑銘詩の制作に人気を得た。ペルシャ戦争という大事件に遭遇し、祖国の勇士を賛美する詩を作った。テルモピュラエで戦死したスパルタの兵士の墓銘など有名である。

〔スキピオ〕 一三、一九、二九、三五、六一、八二

Publius Cornelius Scipio Africanus Maior. (二三六～一八四) 大スキピオのこと。第二ポエニ戦争初期の将軍プブリウス・コルネリウス・スキピオの子。本文の対話者である小スキピオは、この大スキピオの長子の養子なので、大スキピオは養祖父にあたる。二〇五、一九四年の執政官。一九九年、監察官、元老院首席。カンナエの戦(二

一六）でかろうじて死を免れたスキピオは、二一三年ヒスパニアに出征、二一二年に父と伯父が相次いで戦没したため、翌年から二五歳の若さにもかかわらず父の弔い合戦の指揮をまかせられた。二〇九年、敵の根拠地新カルタゴ（カルタゴ・ノヴァ）を攻略した。新戦術の採用、武器の改良により従来のローマの戦法を一新し、二〇八年、ハンニバルの弟ハスドルバル・バルカを破り、二〇六年、イリパの勝利でヒスパニアにおけるローマの支配を確立した。二〇五年、マクシムス一派の反対を押し切りアフリカ侵入を決意、まずシシリー島に渡ってハンニバルからロクリを奪い、翌年アフリカに上陸、ウティカを攻囲したのち、二〇三年、敵陣営を破壊し、カルタゴ軍を徹底的に破った。カルタゴは和を乞うたが、講和条件がローマに照会されている間にハンニバルがアフリカに帰還し、カルタゴ軍は戦意を新たにした。しかしスキピオはヌミディア王マッシニサの軍を加え、二〇二年、ザマの戦いでハンニバルを破って第二ポエニ戦争を終結させた。彼が征服した国土の名称に因み、（アフリカヌス）の尊称を贈られ、凱旋式を祝った。一九四年、再び執政官となったとき、親ギリシャ政策を支持、シリアのアンティオコス三世の侵入に備え、ギリシャからの撤兵の不可を主張したが用いられず、のち小アジアに遠征してアンティオコス軍を討った。その後ローマでカトーに率いられた保守派との政争にまきこまれ、カンパニアのリテルヌムの所領に引退、不満と失意のうちに病死した。

［スキピオ］

Publius Cornelius Scipio Aemilianus Africanus Minor. すなわち小スキピオ。「登場人物について」をみよ。

［スキピオ］ 二九、七五

Publius Cornelius Scipio. 大スキピオの父。二一八年の執政官。これは第二ポエニ戦争の始まった年である。ローマはカルタゴ本国を攻める最初の計画を捨て、北イタリアに軍を集めたが、ティキヌス河畔、トレビアの戦いに連敗した。ティキヌス河畔では息子、後の大スキピオによって命を助けられた。執政官職の後、ヒスパニアに赴き、兄グナエウスと協力してローマ軍の勢力を強めた。しかし二一二年、兄弟相前後して戦死した。

［スキピオ］ 二九、七五

Gnaeus Cornelius Scipio Calvus. 二二二年の執政官。プブリウスの兄。二一八年、弟が執政官としてイタリアでハンニバルと戦っているとき、ヒスパニアに派遣され、その後もずっと留まった。プブリウスがヒスパニアに来てからは、すべての努力を分かち合った。プブリウスの死後二七日、その死と敗北に勢いづいたカルタゴ軍に殺害された。

［スキピオ］　三五

Publius Cornelius Scipio Africanus. 本文中では「プブリウス・アフリカヌスの息子、つまり君の養父」と書かれている。大スキピオの息子だったが、体が大変弱く、公職につかなかった。キケロは彼の文学的才能を認めている。

［スキピオ］　五〇

Publius Cornelius Scipio Nasica Corculum. 一六二年、一五五年の執政官。一五九年、監察官。グナエウス・スキピオの孫、大スキピオの養子。本文によれば、一五〇年に大神官に選ばれた。法律の造詣深く、雄弁家でもあった。

［スタティウス］　二四

［カエキリウス］を見よ。

［ステシコロス］　二三

（六三〇～五五〇頃）。シシリー出身の叙情詩人。神話伝説を題材にして叙情詩を書いた。多作であったが、作品は散逸して短い断片しか伝わっていない。

【セリーポス】 八

エーゲ海のキュクラデス諸島の中の小島。僅かばかりの鉄と銅を産出する。つまらないもの、とるにたらないものの代名詞。

【ゼノン】（キプロスの） 一二三

（三三六／五～二六四／三）。ストア派の創立者。ゼノンは存在のあるものは善いもの、あるものは悪いもの、あるものは善悪いずれでもないとした。知恵、節度、勇気、正義などの徳は善いもの、無知、放縦、卑怯、不正などの悪徳は悪いもの、生死、評判、快苦、貧富、健康、病気などは善悪いずれでもない。ところで徳は結局、知恵に帰着する。また悪は情念による。情念とは非ロゴス的にして自然本性に反した魂の活動もしくは過度の意欲である。情念には快、苦、欲、恐れがある。賢者はこれらの情念から自由であると説いた。

【ソフォクレス】 一二一、四七

（四九六／五～四〇六）。古代ギリシャの三大悲劇詩人の一人。アテネの人。彼の一生はアテネの最盛期と一致している。形式上も内容面でも古典悲劇の完成者といわれる。

多くの作品があったが、現在完全に残っているのは『アンティゴネ』、『オイディプス王』、『コロノスのオイディプス』など七編である。その一生は作家としても市民としても名誉にみちたものであって、本文に述べられた話の信憑性は少ない。

〔ソクラテス〕 二六、五九、七八

（四七〇／六九～三九九）。アテネの哲人。正しい知を探求し、用語は定義され、命題は論証されていなければならないという基準を打ち立て、批判的・哲学的思考を確立した。またはじめて人間について哲学し、徳は知であると説いて倫理学の祖ともなった。富や名誉より理性を中心とする魂への配慮を重んじ、みずからは無知を自覚する者の立場に立ってアテネの市民に議論を仕かけ、智者をもって任ずる者の無知を暴いたので憎まれ、晩年に訴えられて死刑の判決を受け、毒杯を仰いで刑死した。弟子プラトンはこの裁判の経緯を『ソクラテスの弁明』に誌している。

〔ソロン〕 二六、五〇、七二、七三

（六四〇／六三五～五六一頃）。アテネの立法者で、貴族政から民主政への変革期に出た〈調停者〉の代表的人物。アテネ最古の詩人でギリシャ七賢人の一人。当時貴族と民衆の間の争いが絶えなかった。五九四年ソロンは調停者に選ばれるや、あらゆる借

金を棒引きとし、次に負債のため奴隷になっていた人々を解放して自由人の身分にもどした。財産・収入によって人々を四級に分け、それが多い人ほど政権に多くあずかれるようにした。しかし無産者でも民会に出席し、裁判に参与することができた。ソロンはこのほか貨幣や度量衡制度を改め、七世紀末にできた厳しいドラゴン法を殺人に関するもの以外は廃止、新しい法律を作った。これはその後、長期にわたってアテネの国法となった。しかしアテネの社会的矛盾は完全には解消せず、なお貧富の争いが続いた。彼の叙情詩は断片のほか伝わらないが、当時のアテネの社会や彼の政治的立場、賢人の面影を知る上に重要である。

【タレントゥム】 一〇、一一、三九、四一

南イタリアの港湾都市。スパルタ人により創建された(七〇八)。ローマのイタリア半島平定の途上、最後の障害が南イタリアのギリシャの植民市の中で最も栄えたタレントゥムだった。タレントゥムは自力ではとても勝ち目がないと判断し、エピルスの王ピュロスに助けを求めた。しかし結局ピュロスは破れ、タレントゥムは二七二年ローマに征服された。二一二年第二ポエニ戦争の際にはハンニバルに占領されたが、本文にあるように、クイントゥス・ファビウス・マクシムスにより奪回された。

【タルテッスス族】　六九

スペイン南部地方のタルテッススの住民。フェニキア人がバエティス川（現Guadal-quivir）の河口の地域に植民市をつくり、手広く貿易を行なっていたが、この地域一帯がタルテッススと呼ばれていた。

【ストア派のディオゲネス】　二三

（二三八～一五〇）。バビロンの人。犬儒派のディオゲネスと区別するため、ストア派のディオゲネスと呼ばれる。弁証法、音声、法律などに関して論文を書いた。彼がいかに自制心に富んでいたかを示すものとして、セネカは次のような挿話を『怒りについて』の中に誌している。ディオゲネスの講義中、生意気な青年が彼につばを吐きかけたとき、彼は落ち着いて「私は怒ってはいないが、怒るべきでないのかどうかについては確信がない」と言ったという。本書で聞き手である小スキピオやラエリウスの青年時代、このストア派のディオゲネス、新アカデメイア派のカルネアデス、逍遙派のクリトラオスの三名の学者がアテネからローマに来て（一五五）有名な講演を行ない、ローマの青年たちを魅了した。

【ティトーノス】　三

トロヤ王ラオメドンの息子。曙の女神アウロラに愛され、女神はゼウスに乞うて、ティトーノスを不死のものとしてもらうが、永遠の若さを乞うことを忘れたので、老いて萎びてしまい、ついにはきりぎりすに変えられたという。

[二人のデキウス] 四三、七五

Publius Decius Mus. 同名の父子。

[息子のデキウス] 四三、七五

ローマ軍は第三次サムニウム戦争中、ローマの北方ウンブリア地方での激戦の際、突然現われたケルト人戦車隊に攻撃されて総崩れになりかけたが(二九五)、平民出身の執政官デキウス・ムスの献身によって勝利をおさめた。献身とは、戦況が不利に傾いたとき、ローマの将軍が神々に味方の勝利を祈って自分の生命を捧げる儀式をとり行ない、その後将軍は敵軍の中に斬り込むのである。彼の戦死は神々によって祈りがきかれた徴(しるし)と解釈され、士気をふるい立たせた。こうしてローマ軍は最後の勝利を得たという。三一二、三〇八、二九七、二九五年の執政官。三〇四年、監察官。

[父のデキウス] 七五

第一次サムニウム戦争のヒーロー。執政官コルネリウスとその軍隊を危険な状態から救った。そのため彼は執政官と兵士のそれぞれから冠を贈られた。三四〇年自らが執政官のとき、ラテン人との戦の際、夢で一方の軍勢は指揮官が死に、他方の軍勢は敗北すると告げられ、馬で敵陣に乗り込んで殺された。こうしてローマ軍を勝利に導いたという。

[テミストクレス]　八、一二

（?～四四九）。有名なアテネの政治家、将軍。四八〇年、サラミスの海戦で策略を用いてペルシャ軍を撃破した。しかし四七一年に陶片追放の憂き目にあい、逃避行の末、ペルシャの朝廷に迎えられた。その地で高齢で病死したとも、またペルシャ海軍の参謀となってギリシャ海軍と戦えと命じられて自殺したともいう。

[デモクリトス]　一二三

（四六〇～三七〇頃）。ギリシャの哲学者。トラキア地方アブデラの人。四二〇年頃を中心に活動し、長生きした。享年九〇歳とも一〇九歳ともいわれる。万物は不変・恒常・実体的原子より成るというレウキッポスの原子論を継承・発展させ、認識論や倫理学の分野にまで応用し、広い視野から体系的に組織した。著作は断片だけ残存。

[テルモピュラエ]　三三一

テッサリアのオエタ山と海との間の有名な山峡。四八〇年のペルシャとギリシャの古戦場。ローマ軍は一九一年、ここでシリアのアンティオコスを破った。

[テレンティウス]　六五

Publius Terentius Afer.（一九四頃〜一五九）。ローマの喜劇作家。アフリカのカルタゴに生まれ、奴隷としてローマに来る。元老院議員に仕え、解放後その主人であった人の名に因んでテレンティウスと称した。『兄弟』という劇を書いて有名になったが若くして死んだ。『兄弟』は一六〇年上演。

[ドゥエリウス]　四四

Gaius Duellius. 執政官（二六〇）。監察官（二五八）。ローマは、二六〇年シシリー北岸で行なわれた海戦で、はじめてカルタゴ艦隊に大勝した。このとき彼は執政官として艦隊を指揮した。五段櫂船を一二〇隻も持つカルタゴ軍に対して、ローマ海軍は貧弱で海戦の経験もなかった。しかし海戦は船と船のぶつけ合いか、甲板での乗組員同士の戦闘で勝敗を決するのが常だったので、ローマの軍艦に取りつけられた新装置が功を奏して大勝利となった。船首にマストから綱でつった跳橋をつけておき、敵艦が近づいたとき綱をゆるめて敵の甲板に跳橋をおろし、その先端につけた鉄鉤で固定して、乗組員を一挙に敵船に送り込んだのである。

［ナエウィウス］ 二〇、五〇

（二七〇～一九九あるいは二六四～一九四）。カンパニアのラテン都市に生まれた。兵士として第一ポエニ戦争に参加した。叙事詩人、劇作家。第一ポエニ戦争のあとローマ市民の間に演劇が流行すると、多くの戯曲を作って名声を博した。平民派の詩人として長くローマで活動し、貴族を攻撃した。投獄され、のち許されて出獄したが、なお詩をもって貴族を攻撃し続けたので、追放の刑に処せられ、アフリカのウティカで客死した。主な作品は、叙事詩『ポエニ戦争』、悲劇『ロムルスとレムスの養育』、喜劇『狂人』など多数。

［ネアルクス］ 四一

タレントゥムの人。カトーは、ファビウス・マクシムスが二〇九年にタレントゥムを奪回したとき、彼の下で軍務についていたが、そのときネアルクスと友人になった。ネアルクスに関しては、彼がローマに信義を保ったということ以外何も知られていない。

［ネストル］ 三一

ギリシャの英雄伝説に登場するピュロスの王。ピュロスはペロポネソスの西岸沿いの国エリスにあった。ネストルは六〇歳を越える老将としてトロヤ戦争に参加した。陣中で若い頃の武勇談を面白く語る。知恵のある寛大な人物で、若い大将が喧嘩を始めると、いつも穏やかな解決を諭す。アガメムノンが絶大の信頼をおいていた。この好ましい〈イリアス〉の老将は〈オデュッセイア〉にももう一度出てくるが、ここではトロヤから凱旋したあと、ピュロスの城で立派に成人した息子たちに取り巻かれ、楽しい日を送っている老城主である。普通の人の三倍も長生きしたといわれる。

[パウルス]　一五、八二

Lucius Aemilius Paulus Macedonicus.（?～一六〇）。一八二、一六八年の執政官。一六四年、監察官。本文の対話者小スキピオの実父。第二ポエニ戦争の後、一六八年にピュドナで、ハンニバルと組んだマケドニア王ペルセウスを打ち破ったため、マケドニクスの異名を得る。大カトーの息子はパウルスの娘と結婚。したがってパウルスの実子である小スキピオとは義兄弟。パウルスは下の二人の息子を勝利の前後に病気で失った（六八参照）。

[パウルス]　二九、六一、七五、八二

Lucius Aemilius Paulus. 前項マケドニクスの父。したがって小スキピオの実祖父。二一九年と二一六年の執政官。二度目のときはワルロが同僚執政官であった。二人の執政官はローマの積極策により、大軍を率いてアプリアのカンナエの決戦に臨んだ。これに対してハンニバルは巧妙な作戦と用兵で、寡兵にもかかわらずローマ軍を包囲殲滅した。パウルスはじめ七万人が戦死、残りの一万人の大半も捕虜となった。

【ハンニバル】 一〇、七五

(二四七〜一八三)。カルタゴの将軍。第二ポエニ戦争（二一八〜二〇二）はハンニバル戦争とも呼ばれるほどハンニバルが主導権を掌握した。二一八年、大軍団を率い、象軍を連れてアルプスを越え、北イタリアでローマ軍を撃破、越冬した。二一七年エトルリアのトラシメヌス湖畔で、ガイウス・フラミニウス指揮下のローマ軍を包囲し全滅させた。フラミニウスも陣没。その後ローマの独裁官となったファビウス・マクシムスは決戦を避け、カルタゴ軍の自然的消耗と自滅を待つ作戦をとったが、世論はこれを臆病と罵り、二一六年の執政官たちは遂にカンナエで決戦に出たのである。しかしハンニバルの前にローマ軍はひとたまりもなく大敗を喫した。カンナエの決戦の後、戦いは一五年間も続き、意外にもハンニバルは次第に落ち目になっていく。二〇七年には弟ハスドルバルの援軍が全滅して、ハンニバルはイタリア半島の南部に追い詰められた。他方、ローマ側は大スキピオが、カルタゴにとって極めて重要なイベリア半島を完全に掌握してしまう。翌年ローマに凱旋したスキピオは世論を盛りたてて自ら司令官となり、カルタゴ本国をつき大勝を博して和を乞わせるに至った。しかしカルタゴはもう一度ハンニバルを立て、最後の決戦に挑んだが、結局二〇二年ザマの戦いではスキピオが大勝を博し、こうして第二ポエニ戦争は終結する。カルタゴは大打撃を蒙るが、それにもかかわらずハンニバルの人気は失われず、一九六年には最高司令官に選任された。しかしローマの追求の手が伸び、シリアからビテュニアに逃れ自殺した。

［ピケヌム］　一一
中部イタリアのアドリア海に面した地方。

［ピュタゴラス］　一二三、一三三、七三、七八　**［ピュタゴラス派］**　三八、七八
（五八二頃〜四九七頃）。前六世紀頃のギリシャの哲学者、数学者、宗教家。サモスに生まれたが、南イタリアのクロトンに赴き、一種の宗教団体を組織した。後、メタポンティオに移り没した。彼の教団はその後も南イタリアで四世紀まで栄えていた。ピ

ュタゴラス教団は密儀宗教の形をとっていたので、ピュタゴラスとその弟子たちの業績を区別することはむずかしいが、霊魂の不滅、輪廻、死後の応報を信じ、魂を浄め、永遠の真理を教える手段として哲学、数学、音楽を重視した。ピュタゴラスは数を万物の根元、秩序の原理とした。ピュタゴラスの定理（三平方の定理）の発見者とされている。

［ピュロス］　一六、四三、五五

ギリシャのエピルスの王。タレントゥムの要請で救援のため大軍を率い、象まで連れて南イタリアに渡った（二八〇）。ローマ軍との二度の戦いに勝つには勝ったが、ピュロス軍もひどい損害を蒙った。その後、シシリー島のギリシャ人からカルタゴ人を討ってほしいと依頼され（当時カルタゴはローマと同盟していた）、シシリー島に攻め入ったが、十分には成功せず、再び南イタリアに戻り、二七五年ベネヴェントゥムでローマ軍に敗れ、エピルスに帰った。二七二年、対マケドニア戦中、アルゴスで戦死。

［ファブリキウス］　一五、四三

Gaius Fabricius Luscinus. 二八二、二七八年の執政官。タレントゥムを援けローマと戦うためイタリアに侵攻したエピルスの王ピュロス（前項参照）との戦いで勲功をたてた。正直、質素な古代ローマ人の典型。二七五年、監察官。二八〇年に使節としてピュロスのもとに赴いたとき、賄賂にも、また象を使っての脅しにも、動じなかったと伝えられる。

［プラウトゥス］　五〇

Titus Maccius Plautus. ローマの最も著名な喜劇作家。生まれた年代はよくわからないが、キケロによると一八四年ローマで死んだという。作品が二〇編ほど現存する。この頃の他の詩人たちと等しく、彼の作品の大部分はギリシャの新喜劇作家（主としてメナンドロス）の作品からの自由な訳や翻案である。彼の作品は洗練されてはいないが、のびのびとして屈託がなく、ときには鋭い風刺があり、自由な会話のやりとりに優れており、初期ラテン語をよく演劇に適応させた。シェークスピアやモリエールなど後世への影響も大きい。

［フラックス］　四二

Lucius Valerius Flaccus. もともとこの人が、カトーをローマに来るように誘ったのだという。一九五年の執政官。一八四年、監察官としてカトーの同僚であった。監察官時代はカトーの厳しい政策に黙って従ったらしい。ローマの上下水道、道路などの建設にも功があった。監察官のとき、元老院首席になった。一八〇年、ローマで猛威をふるった疫病のために没した。

[プラトン]　一三、一三、四一、四四、七八

(四二七〜三四七)。ギリシャの哲学者。ソクラテスの弟子。アテネ郊外に学校（アカデメイア）を開いた。霊肉の二元論をとり、霊魂の不滅を主張。肉体的感覚の対象たる個物は真の実在ではなく、思考によって捉えられる普遍（イデア）が真の実在であり個物の原型であると説いた。イデア論の立場から認識、倫理、国家、宇宙の諸問題を論じ、哲学者の任務はイデア界を認識して現実の世界をこの理想世界に近づけるところにあるとした。著作として『ソクラテスの弁明』、『国家』、『パイドン』、『饗宴』、『ティマイオス』、『法律』など約三〇の対話篇が現存する。

[フラミニウス]　一一

Gaius Flaminius. この時代の代表的「民衆派」政治家。二三二年護民官のとき、本文にあるように、ピケヌムの土地を分割して平民たちに与えるというフラミニウス法を制定した。これはガリア人の侵入を防ごうとするものでもあった。監察官のとき（二

二〇）フラミニア街道を建設。二一七年、二度目の執政官のとき、第二ポエニ戦争中ハンニバルに大敗し、トラシメヌス湖畔で戦死した。本文には、フラミニウスが土地の分割を試みたのはクイントゥス・マクシムスが執政官のときだったとあるが、これはキケロの誤り。マルクス・アエミリウス・レピドゥスが執政官だったときのことである。

[フラミニヌス] 一、四二

Titus Quintus Flamininus. 一九八年の執政官。一八九年、監察官。第二マケドニア戦争でマケドニアのフィリッポス五世を破った。このとき彼は、羊飼いの案内で敵陣を背後から攻め、フィリッポス五世に退却を余儀なくさせたと伝えられている。

[フラミニヌス] 四二

Lucius Quinctius Flamininus. 前項のティトゥス・フラミニヌスの弟。兄が執政官だったマケドニア戦争のとき、ローマの艦隊を指揮して功があった。兄の威光により一九二年、執政官に選ばれたが、本文にあるように元老院から追放された。

[ブルートゥス] 七五

Lucius Junius Brutus. ローマの王政を倒して共和制を創建した（五〇九）とされる

人。ユリウス・カエサル（ジュリアス・シーザー）を暗殺したマルクス・ユニウス・ブルートゥスは、ルキウス・ブルートゥスの子孫をもって任じ、カエサルの皇帝たらんとする野心を疑って殺害した。

［ペイシストラトス］　七二

（六〇〇？～五二七）。アテネの僭主。ソロン（同項参照）の改革は不完全なものだったので、貧富の争いはそれぞれ党派を作って続けられた。こうした争いのなか、ペイシストラトスは親衛隊を率いて五六一年アクロポリスを占領し僭主となった。彼は非合法的に権力を握った独裁的支配者だったが、暴君ではなく、彼の時代にはよい政治が行なわれ、アテネの商業や工業は盛んになり、美術、文学などの文化も興った。

［ヘシオドス］　一二三、五四

八世紀頃のギリシャの叙事詩人。『仕事と日々』、『神統記』の作者とされる。

［ペリアス］　八二

義兄アイソンの王位を奪ってイォルコスの王となった。アイソンの息子イァソンは魔術師のメディアの力を借りて復讐した。すなわち、若返りのためと称してペリアスの娘たちを騙し、父を切り刻んで大釜で煮させた。しかし若返りに必要な薬草が入れてなかったので、ペリアスは煮えてしまった。

[ポストゥミウス] 四一

[アルビヌス]を見よ。

[ホーマー] 二三、三一、五四

およそ九世紀ごろの人。トロヤ戦争を題材とした『イリアス』と、トロヤ戦争を終えて帰国するイタカ王オデュッセウスの冒険譚『オデュッセイア』の作者とされ、ギリシャ最大の詩人として有名だが、彼に関する事柄は古代においても伝説の霧に包まれ、伝承にも一致がない。

[ポンティウス] 四一

Gaius Pontius. サムニウム人。執政官ポストゥミウス率いるローマ軍を三二一年カウディウム(サムニウムの町)の近くで包囲し降伏させたガイウス・ポンティウス・テレシヌスの父。歴史家リウィウスは、息子のポンティウスを第一級の武人、将軍と言い、これに対して父は最も思慮深い人とする。降伏させたローマ人の扱いについて息子から意見を求められた父は、全員殺すか全員釈放せよと答えたという。

[ポンティウス] 三三

Titus Pontius. 百人隊長。詳しいことはわからない。

【マエリウス】 五六

Spurius Maelius. 巨富を積んだ平民。四三九年ローマに大飢饉があったとき、平民たちに穀物を与え人望を得た。しかし、これが革命を起こして王権を窺う陰謀とされ、キンキンナトゥス（該当箇所参照）に召喚された。マエリウスが平民の保護を求めている間にアハラ（該当箇所参照）の手で殺害された。

【マクシムス】 一〇～一三、一五、三九、六一

Quintus Fabius Maximus. 二三三、二二八、二一五、二一四、二〇九年の執政官。二三〇年、監察官。二一七年の独裁官。二一七年エトルリアのトラシメヌス湖畔でローマ軍はカルタゴ軍に大敗した。ローマ側はファビウス・マクシムスを独裁官に選んだところ、マクシムスはハンニバル率いるカルタゴ軍に戦争をしかけず、一貫してカルタゴ軍の自然的消耗と自滅を待った。反対派はこれを臆病と罵りマクシムスをクンクタートル（臆病者）と渾名した。ファビウス・マクシムスは不人気のうちに任期を終えた。決戦を求める世論により、二一六年ローマはカプリアのカンナエで決戦に出た。しかし結果はローマ軍の惨敗であった。この戦いの後はマクシムスも積極的対

策を指示し、四回目の執政官のとき（二一四）カンパニアのカシリヌムを包囲し、二一三年には執政官に選ばれた息子の下で副司令官となり、カプアに赴いた。五度目の執政官のとき（二〇九）には、ついに二一二年以来ハンニバルに奪われていたタレントゥムを奪回した。その後ローマは大スキピオを得てその超強気なやり方が功を奏し、二〇二年ザマで大勝、第二ポエニ戦争を終結させた。しかしマクシムスは最後までスキピオと意見が対立し、非常な高齢で二〇三年に没した。

【マッシニサ】 三四

（二三八～一四八／一四九）。北アフリカ、ヌミディアの王。最初カルタゴ側につき、二一二年ヒスパニアでプブリウス・スキピオ（大スキピオの父）の撃滅のために活躍したが、第二ポエニ戦争後はローマ側についた。大スキピオの力でヌミディア全土の王となり、国土の開発に努力した。また第二ポエニ戦争の結果、カルタゴがローマの許可なしに外敵と戦うことを禁じられているのを利用して、マッシニサはしきりにカルタゴ領を蚕食した。カルタゴがローマに訴えると、マッシニサはカルタゴの潜在力を説いて元老院が耳をかさないように仕向けた。堪忍袋の緒を切ったカルタゴがヌミディアに開戦するや、ローマはただちにカルタゴに宣戦し、もともとローマとは戦う意志のなかったカルタゴを第三ポエニ戦争へと追い込んだ。

【マルケッルス】 七五

Marcus Claudius Marcellus. 二二二〜二〇八年の間に五度執政官に選ばれた。二二二年ケルト系の部族を討ち勇名を馳せた。第二ポエニ戦争では〈ローマの剣〉として、〈ローマの盾〉と言われたファビウス・マクシムスと共にハンニバルにあたり、二一六年ノラでハンニバル軍を破った。二一四〜二一一年シチリアに転戦し、シラクサを落とし、イタリアに膨大な戦利品をもたらした。その後もウェヌシアの戦闘で倒れるまで、イタリア各地でハンニバル軍と戦った。ハンニバルは軍葬の礼をもって彼を埋葬した。

【ミロー】 二七、三三

クロトンの有名な運動家。六世紀の終わり頃の人。クロトンは南イタリアのギリシャの移住地で、七〇〇年頃アカイア人によって建設された。都市として栄え、ピュタゴラスが六世紀の終わり頃移り住み学校を建てたので名声を得た。ミローは五一一年、競争相手の町シュバリスとの戦いでクロトン軍を率いたといわれる。彼はオリンピックのレスリング競技で六回優勝した。ピュタゴラスの弟子。

【メテッルス】　三〇、六一
Lucius Caecilius Metellus.（?～二二一）。二五一、二四七年の執政官、二二四年の独裁官。第一ポエニ戦争において、二五一年、ハスドルバル指揮下のカルタゴ軍をシキリアのパノルムスで破る。この勝利はローマ人に大きな勇気を与えた。その後大神官に選ばれた（二四三～二二一）。二四一年ウエスタの神殿に火事が起きたとき、巫女たちがためらう中、燃え盛る男子禁制の神殿に飛び込んでパラス女神の像を救い出した。このとき彼は視力を失った。
【ラエリウス】
Gaius Laelius Sapiens. スキピオと共にカトーの対話の相手。「登場人物について」参照。
【ラエルテス】　五四
トロヤ遠征に赴いたオデュッセウスの父。
【リウィウス】　五〇
Livius Andronicus.（二八四―二〇四頃）。ローマ最初の詩人。タレントゥム生まれのギリシャ人。同市がローマに占領されたとき奴隷になり、ローマに連れて来られてリウィウス家に入り、子供たちの家庭教師となってギリシャ語を教えた。解放されて、ギリシャ語教育のためにホーマーの『オデュッセイア』をラテン語に翻訳した。その後もギリシャ文学の翻訳や詩作に従事し、二四〇年からはギリシャ劇の翻案上演をし、彼自身演出家、俳優、歌手を兼ねたらしい。また二〇七年には国家の要求により神意を宥める賛歌を作った。これはラテン語による最初の叙事詩とされる。彼の劇作は悲劇と喜劇にわたっていたらしいが、いずれも短い少数の断片しか残っていない。

〔リュサンドロス〕 五九、六三

スパルタの将軍、政治家。ペロポネソス戦争で活躍。四〇五年アテネの艦隊を討ち破り、翌四〇四年にはアテネを占領してペロポネソス戦争の終焉を促した。しかしながら傲慢な性格のために人望を得ることができず、三九五年コリントス戦争で戦死した。

〔リュシマコス〕 一二

アテネの政治家アリスティデス（該当箇所参照）の父。リュシマコスはテミストクレスと大変仲が悪かった。

〔レオンティーニ〕 一三

シシリーの東側の町。

［レピドゥス］ 六一

Marcus Aemilius Lepidus. 一八七、一七五年の執政官。一八七年、大神官。一七九年、監察官。一七九年から一五二年に没するまで首席元老院議員をつとめた。

文献表

底本

Cicero, Cato Maior De Senectute, Loeb Classical Library XX, 1971.

参考文献

E. S. Shuckburgh, Cicero, Cato Maior, A Dialogue on Old Age with Notes, Vocabulary and Biographical Index (McMillan, St Martin's Press, 1969).

P. Wuilleumier, Cicéron, Caton L'ancien: De la Vieillesse (Les Belles Lettres, 1955).

グリマル著・藤井昇・松原秀一訳『ラテン文学史』（白水社、一九六六）

田中秀央『ラテン文学史』（生活社、一九四三）

アウグスチン・シュタウブ編『ギリシャ・ローマ古典文学参照事典』（中央出版社、一九七一）

長沢信寿『解説・キケロー』（『世界大思想全集』、哲学・文芸思想篇三、河出書房新

社、一九五九、二九一―三二四頁）
呉茂一『ギリシア神話』（新潮社、上下、一九五六）
河野与一訳『プルターク英雄伝』五、十（岩波文庫、一九五四、一九五六）
ペトローニウス著・岩崎良三訳『全訳サテュリコン』（創元社、一九五二）
村川堅太郎・秀村欣二『世界の歴史―ギリシアとローマ』（中央公論社、一九六一）
秀村欣二・三浦一郎『世界の歴史―古代ヨーロッパ』（社会思想社、一九七四）
弓削達『ローマ帝国とキリスト教』（『世界の歴史』五、河出書房新社、一九六八）
同『素顔のローマ人』（『生活の世界歴史』四、河出書房新社、一九七五）
吉村忠典編『ローマ人の戦争』（講談社、一九八五）
塩野七生『ローマ人の物語』Ⅰ、Ⅳ（新潮社、一九九二、一九九五）
平凡社『世界大百科事典』（一九七四年版）中、左記の諸氏による関連諸項目
出隆　尾崎徳一郎　呉茂一　高津春繁　佐々木理　鹿野治助　野村真平　長谷川博隆　秀村欣二　平田寛　藤沢令夫　三浦一郎　村川堅太郎

地中海世界（前2世紀～前1世紀）

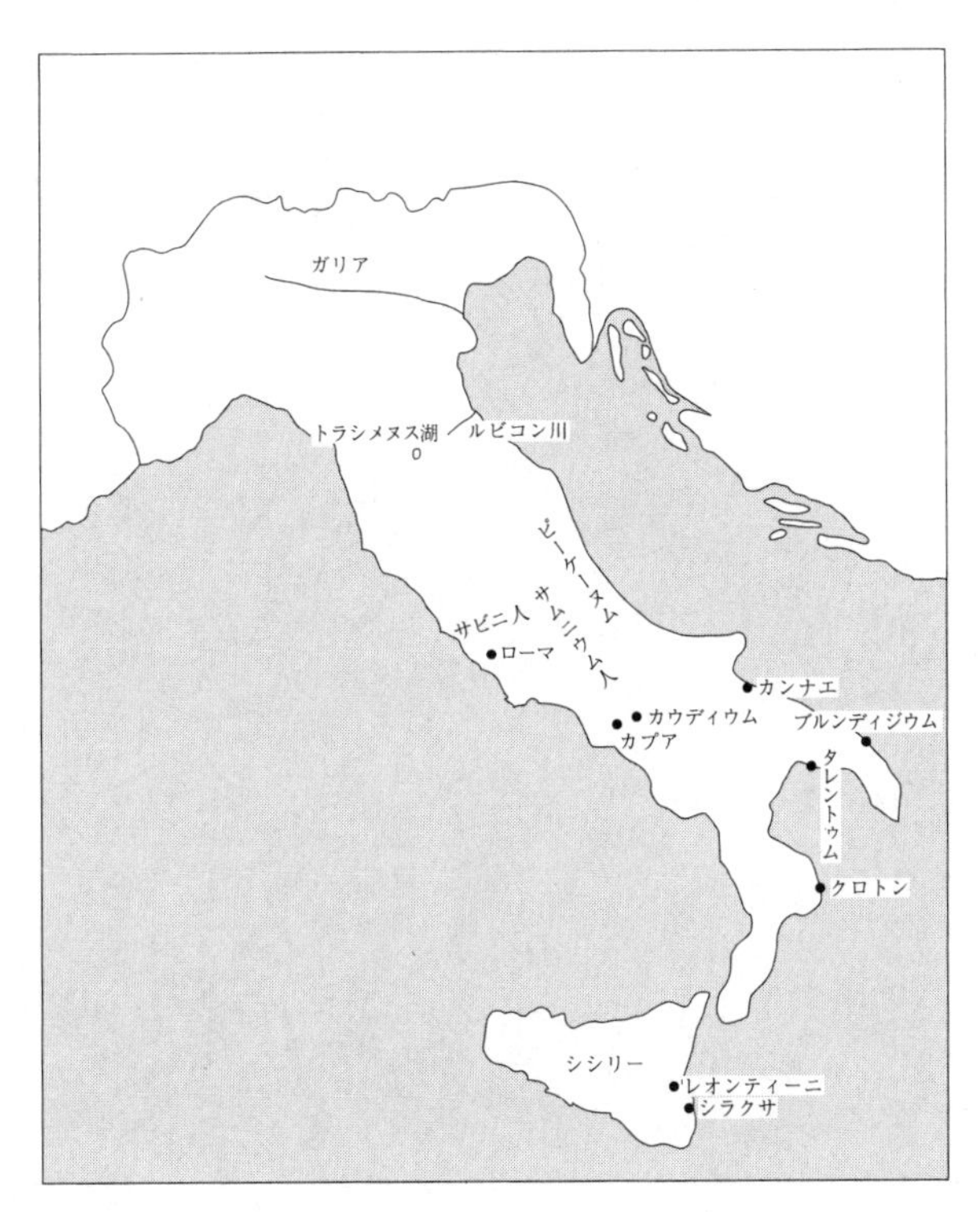

前2世紀〜前1世紀のイタリア半島

私の老年論　キケロに寄せて

八木誠一

鏡を見れば晩年の父によく似た老人が映っている。写真を見ても同様だ。実は私自身はそれほど老化を実感しているわけではないのだが、感じるきっかけには事欠かない。私は健康のため、天気がよければ自転車で大学に行く。川沿いにほとんど車の通らない道があるのである。すると時間によっては自転車に乗った中学生がすいすい追い抜いてゆく。こちらは急ぐわけではなし、競争するつもりもさらさらないけれど、やはり年だと感じ、そういうことが重なると、老年とは何か、老いをただ受け容れるだけではなく、積極的に意志することができるのか、などと老年について考えはじめるのである。

生きることの大切さと老・死

そもそも私が私であるとは実に不思議なことだ。気がついたら私だったのであり、それ以来ずっと私なのである。私は、考えたり感じたり語ったり行動したりするとき、そうしているのは私だと自覚している。私はこの私として生き、私自身であることを経験している。私には主体的な自由があり、私を見る私と、私に見られる私とは同一の私であるが、他者については決して私経験をもつことができない。

どうしてこういうことになったのか、まるで見当がつかない。ということは、私が死んだあと、いつかどこかでまた、気がついたら私だということがあるのかどうか、全くわからないということだ。仮にその経験があったとしても、それはもはや「この」私ではない。とすれば、たまたま私が私であるとは、大げさにいえば、全宇宙の存在と同じくらい不可思議なことである。すると、私が——ということは同様な経験をしている各人が——この事実を大切にすること、また、互いに大切にし合うことは当然であって、つまるところ、我々はいかに年をとろうと、生きている間は生きることをあくまで大切にすべきだと思われてくる。

ところがその私が老いて死ぬ。それが遺伝子レベルでプログラムされていることなのか、あるいは、いわば機械が摩滅するように、生きてゆく過程で不可避的に起こって来ることなのか、私にはわからない。

さて、自分が生きていると気がついて、生きることを肯定し、さらに意志するのは普通のことである。いずれ死ぬとわかってはいても、自殺する人はなお少数派である。生を享けてはじめて私が存在するのであって、逆ではないし、私が死ねば困る人間もいないことはない。つまり私の生は私の勝手になるものではないから、私の生が私の私有物であるかのように自殺するのは、やはり間違っている。とすれば、必ず来る死は受容すべきものではあっても、意志すべきものではない。病気も、生の異常と考えられる限り、やむを得ないとわかってはいても、できるだけ避けるのが当然で、あえて意志すべきものではあるまい。

では老いはどうだろうか。生の一部として受容し、肯定・意志し、さらには享受することすら、できるものだろうか。それとも病気や死のように、受容はしても意志はできない、というものだろうか。あるいは、両者のいわば中間にあるものだろうか。

老いの諸面

一口に老年といっても、すくなくとも三つの面がある。第一の面は通念上の老年で、だれでもが平等に加齢するという意味での老齢のことである。年齢には通念的に幼児期、少年期、青年期、壮年期、老年期というような区分がなされていて、洋の東西を問わず、老年期というものはどうやら六十歳ないし七十歳以後、通常はその中間から死ぬまで、とされることが多いようである。

第二は社会面で、勤め人なら定年以後、勤め人でなければ人並みに働くことを免除されている、という意味での老年である。この意味での老人は、それ以前とでは社会的な位置が異なっている。会社や役所や学校からは去ることになり、家庭内では位置と役割が変わってゆくのである。新しい社会、たとえば老人福祉施設に入る、という変わり方もある。

第三に本人自身の老化とその自覚、という面がある。この面では個人差が大きい。第一の面について、青年は自分の望ましい姿を思い描き、その実現に向けて努力するものとされている。希望は青年のものである。とはいえ青年には憂愁の影が宿る。青年は多かれ少なかれ片思いだからである。片思いというのは異性に対してだけのことではなく、憧れの対象一般に対して、という意味である。それに対して壮年は活動の時期とされている。しかし壮年には哀愁が漂う。活動の各面で限界に行き当たるのである。壮年はあれやこれやの断念の時期である。それでも、これという限定された仕事に専念して一定の成功を収め、あるいは生活の満足を得ることは、むろんおおいにありうることだ。そういう壮年が老年に移行すると喪失が始まる。体力と知力だけではなく、経済力、影響力、美しさ、配偶者との家庭生活、何よりも仕事の機会と能力が、ついには生命が、失われるのである。

あらゆる時期に特有の陰があるとはいえ、老年の陰は将来のない寂寥である。何もできないわけではないといっても、極限として無為無一物の自分がみえてくる。問題はこれをどう受け止めるかということだ。しかし、結論を先取すれは、無為無一物とは宗教的自己認識の一面である。というより、もともと生の本質的一面である。だから、老年は喪失の寂寥だといっても、滋味が滲み出てくるような美しい老人がいるものだ。

第二に老年には社会面がある。換言すれば老年は社会問題である。平均寿命が伸びている。女性は八十歳台の半ば、男性は七十歳台の終わりまで生きることになった。かつては人生七十古来稀なりといわれたが、いまでは九十歳以上の老人が少なくない。他方では少子化が進行している。総人口に対する老人の割合はいずれ三〇パーセントに達することになろう。

ということは、老人が政治的に一大勢力となるということである。老人を無視しては政治は成り立たない。老人はこの事実をはっきりと認識して行動すべきである。経済的にも同様で、老人には経済力がないといっても、数が多ければ話は別である。商業主義はとかく若者に目を向けて老人を無視しがちなものだが、これは青年が新奇なものに飛びつきやすいから、はっきりいえば、だまされやすく乗せられやすいからであろう。商業主義は、良いものであろうと悪いものであろうと、既存のものを過去に押し流し、新しいものを売り出すことで成り立つから、青年を標的とするのである。

逆にいえば、老人は新奇さ珍奇さに迷わされず、ほんとうに必要なもの、よいものを選んで買うべきだ。それは結局経済だけではなく、文化一般の質の向上のためである。何によらず、よいものがよいと認められ、売れるのでなければ、文化のレベルは上がらない。老人は頑固で古いものに固執する、などという言辞にたじろぐ必要はない。若者が新しいものを求めるのは当然だが、老人も老人として、流行に背を向けて自己を主張してよいのである。

これは経済に限られない一般論であって、世のためには若者と老人のバランスが必要だ。むろん、なにかにつけて若者を排除しようとする老人の自己中心性は間違っているが、だからといって老人が差別されてよいことにはならない。

この点についてなお二、三のコメントをしておくことが許されようか。老人が増えれば国の経済的活力は低下する。しかしそれは一概に悪いことではない。かつてわが国はロシアに勝ち、軍事的強国といわれて舞い上がり、欧米列強の真似をして遅すぎた植民地経営に乗り出し、大失敗をした。最近では経済大国と称されていい気になっているようだが、経済中心主義もそろそろ止めた方がよい。先進国とは近代化を達成した国のことであり、近代化とはアメリカの政治と経済をモデルとしてこれに追いつくことだ、というような単純な図式は放棄すべきである。

特にものやサービスや情報を造り出すことなく、金融操作によって利益を追求するマネーゲームは、みずからは働くことなく植民地を収奪した帝国主義と似たところがある。世界経済の全体がマネーゲームになったらどういうことになるかは明らかだ。投資は優良企業を育てるといっても、巨大化したマネーゲームはもはやその役割を果たしていない。それをわざわざ真似ることはないだろう。そういえば戦後「滅私奉公」は誤りだ、人はまず自分自身を大切にすべきだと主張していたはずの論調が、最近では日本経済の活性化のため、消費者は要らないものでも買いまくれと滅私奉公を説きだしたのはどういうことだろう。この不況の責任は、土地バブルを演出した金融業や不動産業が負うべきものであって、消費者が無責任な論調に踊らされることはあるまい。

そもそもわが国が経済的に強くなりすぎたら、また叩きのめされることは目に見えている。何によらず米国をお手本とする視線には見えなくなっているが、元来わが国の国民性は政治や経済よりは文化に向いているのである。経済成長のためには自然と人心がどれほど荒廃しても悔いるところがないとは、あさましき価値観だ。老人が増えれば経済的活力は低下しよう。それでも文化的向上が達成されればそれを補って余りがあろう。

ただしそのためには、文化全体の価値が見直されなければならない。高度の文化の享受には訓練だけではなく、人生経験が必要だが、老人自身がなお文化に対する感覚を磨き関心を高めなくてはならない。成熟した文化的価値の判断と享受を、経験豊かな老人に求めるのは間違いだろうか。それはきっと若者が安易な流行や輸入文化に満足せず、自分たちの身に付いた文化を創造するためにも、また創造された文化を育成するためにも、よき環境となるに違いない。老人が高い壁として立ちはだかり、青年にそれを越えることを求めうるようになるのは、文化の向上のためにはよいことである。要するに、老人は経済より文化に貢献できるのだと思う。

とはいえ、老人は自分の社会的位置を忘れてはなるまい。定年（あるいは仕事の免除）とは何か。それは社会からお前さんはもう何もしないでよい、といわれることである。長いことご苦労様でした、とねぎらわれることである。社会を担うのはもうあなた方ではない、と宣告されることである。むろん、仕事が全くなくなることはない。特に女性にはいつまでも仕事と責任がある。男性より女性のほうがぼけにくいのはそのためであろう。

定年近い私の場合、定年後もなお暫くは、非常勤で教えたり、著作や講演を求められたりすることがあろう。しかしそれにも限界がある。今はいささかもてあまし気味の郵便物やメールもやがてこなくなるだろう。そのとき、私は単独者としての私であって、社会人ではない、という面——実は常にあった一面——が前に出てくるのである。

老人は社会人ではなくても、老年は社会問題である。老人には仕事と収入がなくても安全で健康・快適な生活が保障されなければならない。ひとり暮らしならなおさらのことだ。それには行き届いた介護や医療、さらには死を迎える準備というようなことが含まれる。しかし元気な間は、老人にもできる仕事がなくてはならず、趣味や学習、社交や楽しみのための時間と機会が与えられなくてはならない。これらは老人福祉の問題で、老人は政治的パワーとしてこの面でも自己主張をすべきであることは既に述べた。しかし、ここでの問題は——キケロの場合と同様——むしろ政治・社会問題に解消されない個人の在り方である。

すなわち老年には当人の老化という第三の面がある。体力と、やがては知力が低下して社会のお荷物になる。目がかすみ耳が遠くなり歯が抜け歩行が困難となる、というようなことには、医療技術の進歩のおかげで手が打てるようになった。しかしそれにも限界がある。癌や心臓病や脳血管障害といういわゆる老人病は、医学の飛躍的進歩にもかかわらず、まだ完全に克服されてはいない。どんな老人にもどこか体の故障があるのが普通である。病気にならなくても、記憶力と判断力が減退し、学習能力や柔軟性や適応力が低下して、新しい状況への無知、無理解、拒否が起こってくる。柔軟性が望ましいとは一概にいえることではないが、それにしても過度の硬直は問題であり、こうして老人は世間から相手にされず、仲間はずれとなり、場合によっては寝たきりの孤独な生活を強いられ、ついには冷たくなるのである。長生きをするつもりなら覚悟を決めておいたほうがよい。

美しい老年

では老人には何の喜びも楽しみもないのだろうか。むろんそんなことはない。しかし、積極的な意味で、年をとってなにかよいことがあるのだろうか。老人は何か青年壮年にも通用するような価値を生み出せるのだろうか。老年は老人自身にとって、生きるに値するものだろうか。

美しく魅力的な老人がいる。久松真一先生(一八八九―一九八〇。西田幾多郎の高弟。京都大学で仏教学を講じ、ＦＡＳ協会を主催した。希有の宗教哲学者、禅者として知られる)がそうだった。私は最晩年の久松先生と対話をする機会に恵まれ、数回先生のお宅を訪れたのだが、すでに九十歳を越えていくぶん歩行が困難であられた先生は、清潔でお洒落、若い人の美貌とは異なる、彫りが深く陰影に富んだ美しさがあった。語られることは無駄がなくて明快、短い言葉で問題の核心をつかれた。

印象的だったのは、私の言葉を私の言わんとする意味に正確に理解された上で的確な応答をされたことである。慈悲に溢れながら妥協がなく、私のような若造(当時)と全く対等に語られながら威厳があった。老人がむさくるしいとは限らない。青年にも壮年にもないよさを身につけ、傾聴に値する言葉を語る、尊敬に値する老年がある。

その秘密はどこにあるか。「外なる人は朽ちてゆくが、内なる人は日々に新しい」とパウロはいう(Ⅱコリント4・16)。道元はこれを「ほとけのいのち」といった(正法眼蔵、生死の巻)。これは生死のなかにあって生死を超え、したがって病と老いのなかにあってもこれを超える働きのことである。人にはこの働きに生きることが常に、老年若年にかかわらず、可能である。久松先生はそのまま「無位の真人」だったといえるところがある。秘密はここにあり、それがあるということを知ること自体が重要である。しかし誰でも久松先生になれるとは限らない。ではどうしたらよいのか。

これは全く私個人の考えだが、仕事第一という価値観を変えれば、何もしないでよいということは、多少の寂しさにはかえがたい、実に素敵なことである。早くそうなればよいと思う。そうはいっても、いざほんとうにすることがなくなれば、お前だって寂寥をかこつに違いない、といわれるかも知れない。実際、そうかも知れないのだが、私はそうでもあるまいと思う。私はいままでも列車や飛行機のなかで本を読むことはまずないし、待ち時間が苦になることもない。できれば景色のよいところで、そうでなくても静かで快適な部屋なら、何もせずにいつまでもぼんやりしているのが、この上もなく楽しい。退屈することはない。残念ながら、まだそうばかりしてはいられないままである。

いままで何をしてきたかを振り返ってみても、何もしないでぼんやりしていた時間がけっこう多かったように思われる。確かに私は教壇や講壇に立ったり、ものを書いたりしてきた。本も読んだ。しかし、それよりはるかに長い時間を何もしないで過ごしてきた。といってはやはり正確ではない。若い頃から読むよりは考えることに時間を費してきたのは事実である。しかし、むしろいのちの湧出を感じてきた。

この上もなく気障な言い方を許していただけるなら、生命の音楽を聴いていた。音楽といっても音はないのだが、呼吸はメロディー、内臓の協働はハーモニー、心臓の鼓動はリズム、というわけだ。

仏教学者で東大名誉教授であられた玉城康四郎先生はあるとき、生まれ変わったら何になりたいかという話が出た折、自分は杉の木に生まれ変わって五百年間瞑想にふけるといわれた。印象深い言葉である。私は瞑想の経験が乏しいが、五百年間坐して動かず、呼吸を整え、命の声を聞いて飽きないこと、なんとなくわかる気がする。無為無一物は決してわるいことではない。人間だれでも無一物で生まれ、無一物で死んでゆく。所有はかりそめのことに過ぎない。無一物は人間本来の姿である。

同様に努力して得た業績や名声といっても、やがては忘れられるものである。だとすれば、少なくとも余計なものを持たず、余計なこともせず、人間らしく楽しく生きる道をみつけることは、誰にもいつでも可能なはずであり、地球の将来のためには必要ですらある。無為無一物をこの上もない賜物として享受して、その上で出来ること、必要なことだけをする。必要とは、もちろん自分のためだけではなくて、世のために必要と考えられることでもある。そうすれば「定年後の余生」はただ死を待つだけの消極的なものではないはずだ。

老人といえども煩悩熾盛の凡夫、物欲も性欲も権力欲も名誉欲も、嫉妬まである。しかし、もういいではないか。世が思うままにならないことは老人には身に泌みて分かったはずである。生きるためには常に変革と受容の両面が必要だ。とはいえ、どちらかといえば、変革は若者の、受容は老年の、ものである。要するに諦めだといってしまえばそれまでだが、不機嫌で意地の悪いけちな老人だと嫌われたくなければ、ほんとうに必要かつ正当な要求だけを掲げて、受容を主とすべきであろう。慈愛は受容を前提とするものである。慈愛とは、世と自分と他者とをありのままに受容し、包み、いつくしむことである。損得や勝敗を離れ、慈愛がおのずから滲み出るような成熟した人格が、あるべき老年像として通用するようになればよいのだが。戦争も経済的競争も老人のような非戦闘員を無用化してしまう。戦争と競争の時代はとかく老人を軽んじるものだ。しかし、この世にとって本当に必要かつ正当なことが何であるかは、訓練と経験と人間知に富んだ老人男女の声を無視して判断できることではないだろう（キケロ『老年論』十九、二十参照）。

「自然」について――キケロ、東洋、新約聖書――

以上のような考え方は、大筋でキケロの老年論と矛盾するものではない。むしろ、本質的に一致するところがある。私はなかんずくキケロの「自然」把握に共感している。これには東洋の伝統と近いものがみられるのである。キケロはいう。「最高の指導者である自然に従い、神に対するかのように服従している点でこそ、わたしは賢明なのだ」（五）。自然に逆らうのは神々を敵とするようなものである（五）。だから死についても以下のように言われる。「自然にしたがって起こることはすべて善とみなされるべきだが、老人にとって死より自然に適ったことがあるだろうか。……それは例えてみればよく熟した果実がひとりでに落ちるようなものだ」（七一）。自然は善きものである。「自然が人間に与えた災禍」という言葉があるが（三九）、これは引用文であり、同じ引用文のなかには「自然が与えたにせよ、神が与えたにせよ、人間には知性より卓越したものはない」という言葉もある。

キケロ自身は自然という語を、「喜ばしいのは実りばかりではない。大地自身の働きと本性だ」（五二）、「私を喜ばせるものは（葡萄の）有用性だけではなく、葡萄の栽培と本性そのものなんだ」（五三）というように使う（以上で「自然」と訳した言葉と「本性」と訳した言葉は同じで、ともにnaturaである）。「人生航路は定まっているのだ。自然の道は一つで、しかも一方通行だ。そして、人生の各々の時期には、それにふさわしいものが備わっているんだよ。だから少年期の虚弱さ、青年期の元気よさ、壮年期の重々しさ、老年期のまろやかさにはなにか自然なものがある。それをそれぞれの時代に享受すべきなのだ」（三三）という言葉は、自然と本性との内容上の一致を示している。ともに尊重され享受されるものである。

「自然」という漢語は、「無為自然」という熟語として老壮思想の中心に位置した。これは大いなる「道」に担われた働きのことで、それは人間があれこれと計らわなくてもおのずから成り立つのである。換言すれば、この意味での「自然」は現代語で「自然科学」という場合の「自然」とは違い、普通名詞（実体詞＝実体を指示する名詞）ではない。形容詞、副詞、場合によっては動名詞である（動名詞とは動詞を名詞化したもので、たとえば「生」がそうである。「生」とは「生きること」を意味し、実体的指示対象がない）。

元来は「自然」という語も実体詞ではなかった。つまり「無為自然」とは、おのずから成り立つ大道の働きのことである。「天地は無為なり而も為さざる無きなり」（『荘子』、至楽篇第一八）といわれる所以である。

さて中国人が仏典を翻訳したとき、サンスクリットの asaṃskṛita（絶対性、無制約性、永遠性）に「無為」を当てた[1]。それは、中国語には asaṃskṛita に正確に対応する抽象名詞がなく、他方で「無為」は相対的なものを超えた絶対的なものを意味したからであろう。すると訳語での「無為」は「無為」本来の意味とは異なり、「無為自然」の無為ではなくなってしまった。だから元来の意味を表わすために、禅では「無為」ではなく、acitta の訳語である「無心」を用いるようになったのであろう。こうして「無心」という言葉は、老壮思想での大道ではなく、仏教でいう「法」の働きに担われる「無為自然」を意味する言葉として現在にいたり、禅の中心的用語となっている。

他方、サンスクリットで「本性」を意味するdharma-svabhāva-mudrāには漢訳では「自然」が当てられ、「自然法爾」という熟語となって、浄土教の中心的概念となった[2]。これは(信心と救済にかかわることは)阿弥陀仏の願力の働きによって成り立つゆえに、人のはからいによらず、おのずから成り立つ、ということである。換言すれば人間の本来を実現する働きは、自我のはからいによらず、上の意味で自然に成り立つわけだ。

ところで大乗仏教では「仏性」は特に人間の本性にほかならず、仏性の活性化・自覚(さとり)は、とりもなおさず人間性の自己実現なのだ。この場合、特に中国と日本の仏教では、「本性」は実体ではなく働きと解されていることに注意することが重要である。実際、「自然法爾」は実体詞ではなく動名詞だといっても間違いではないと思う。以上のように、東洋的伝統では「自然」という語は元来「人為」(自我のはからい)に対立するものであって、近代ヨーロッパ語におけるように「人間、文化」と対立するものではない。

さてラテン語のnaturaは、ギリシャ語のphysisと同様、元来は人間、生物さらには事物がもって生まれた本性、固有の本性のことである。ところで本性の自己実現は「自然に」成り立つものだから「本性」は内容上「自然」（おのずから然る）と結びつくことになる。ただし、この意味での本性は、不変恒常の実体性や機械的必然性というよりは、自己実現の能力を備えた動態、潜勢力のことである。

いうまでもなく、physisもnaturaもさまざまな意味で用いられていて、常に同じ意味とは限らないが、キケロの場合、naturaの原意が生きている。上記のように、人間の本性は、少年期、青年期、壮年期、老年期というように、独自の内容をもったものとして開展してゆくのである。ということは、たとえば壮年の重厚さ、老年のまろやかさには、なにか「自然」なものが感じられる、ということである。このような「自然」はまさしく本性自体の開展が伴う自然さであり、それは善であり「神的」であり、享受される賜物なのである。

古典ギリシャ語ではphysis（本性）は、しばしば「人為的・社会的な取り決め」（nomos＝法）と対立するものであった。ストア学派のいう「自然法」は、宇宙的・神的理性に基づく「正しさ」(physikon dikaion) であって、「法」といっても、実は人為的な取り決めとしての実定「法」の上に立つものである。他方、現在では「物理学、生物学、天文学」といわれるであろうアリストテレスの著作は「自然学」と命名されていて、この場合、「自然」は人間世界に対立する領域のことになっている。

キケロの場合、自然 (本性) は「耕作」(栽培) と結びついている。「葡萄の栽培と本性」という言い方がそれを示している。ところで「栽培」の原語は cultura である。これは後代では文化という意味で用いられるようになった (culture, Kultur)。キケロの場合、葡萄の栽培 (cultura) は葡萄の本性 (natura) と対立するものではない。もともと耕作と自然は対立ばかりするものではない。しかし、やがて「文化」(culture) は「自然的世界」(nature) と対立する意味に用いられるようになるのである。まずキリスト教化された西洋では、「自然」は人間同様、もはや「神的」なものではなく、神の被造物であり、しかも人間の下位に置かれ、人間によって支配・管理されるものとなった。

この意味での自然は近代ではさらに自然科学の研究対象となり、ついで商業と結合した生産技術の飛躍的発展とともに、商品の原料となり、さらに観光資源としても商品化されるに至っている。いま自然保護、環境保全といわれても、それはあくまで人間のためであり、人間中心に見られているわけだ。こうして自然は人間およびその文明・文化と対立し、それに従属する領域のこととなった。

こうしてみると、キケロの「自然」概念は、近代欧米語、またその訳語としての日本語の「自然」（つまり自然科学の自然）より、むしろ東洋古来の伝統に近い。それはまた、科学、技術、経済というような「人為」が優越している現代が――日本人すら――ほとんど全く忘却したものである。

実はこの意味での自然は事柄上、新約聖書とも無縁ではない。イエスの言葉として以下のようなものが伝えられている。「神の支配はこういう風なものである。一人の人が大地に種を蒔き、毎日寝たり起きたりしていると、種は彼が知らないうちに芽を出して成長する。大地がおのずから結実するのであって、まず茎、次に穂、次にその穂のなかに豊かな穀粒ができる。実が落ちるころになるとすぐ鎌を入れる。

収穫の時がきたのである」（マルコ4・26―29）。ここで「おのずから」と訳された語は原語では「アウトマテー」で、現代語オートマティック、オートメーション等の語源である。「自然に」と訳して少しもさしつかえないばかりか、ここには「自然法爾」と同じ把握がある。神の支配にしたがって成り立つことは「神の支配が成り立たせるがゆえに、おのずから成り立つ」というわけだ。

キケロが葡萄の栽培と本性に言及した箇所（五三）で、葡萄の成長と結実が語られているのはイエスの言葉と思い合わせて興味深い。ところで欧米に禅を紹介したことで知られている鈴木大拙は、「無心」について以下のように語っている。「たとえばここに林檎がひとつある。林檎は出来るときに、わしはいま赤くなって、こういう時期に成熟してやろうとは考えない……林檎の種が地中に埋まると、その種のなかにある（阿弥陀）如来の誓いが動きはじめるのである。地面なら地面、太陽なら太陽、雨なら雨、そういう諸々の因縁に育てられて、それ自身のなかに取り入れられた如来の誓いは、次第を追って秩序正しく動いてゆくのである。初は種、それから芽が出て、葉が出て、枝が出て、何年かの後には一本の林檎の木になって、花が咲き、実が出来て、林檎がなるようになる」[3]。

これは要するに「自然法爾」の説明だが、大拙は重ねて「無心と自然法爾は同じことです」と語るのである[4]。このように東西の古典的伝統では、自然には人間を超えたものの働きがみられていた。

死は旧新約聖書ではしばしば人間の罪に対する罰とされている（創世記3・17―19、ローマ1・31など）。すなわち死は本来の人間性に反すること、この意味で反自然である。しかしこの把握はイエスには見られない。イエスは「一羽の雀すら君たちの父（神）なしに地に落ちることはない」と語るのである（マタイ10・29。「父の許しなしに地に落ちることはない」という訳が多いが、原文では単に「父なしに」とある）。生物一般の死は神の働きにしたがって起るということで、これはどちらかといえばパウロよりも「人間が生まれ、成長し、老いて死ぬのは自然のことだ」というキケロの把握に近い。キケロの場合、自然は神的なものであることを想起していただきたい。

要するに、自然とは本性の開展のことだ、という把握がある。この場合、本性の開展すなわち自然は事物の本性自身によって起こるという考え方があり、また、神（如来の誓い）の働きによって成り立つという把握がある。人間における神の働きのことを人間の本性というのである。宗教的にはそういえる。実際、生まれた人が成長し老いて死ぬのは自然ではないか。それが遺伝子レベルでプログラムされていることなら全くの「自然」だが、機械はいずれ摩滅して放っておけば自然に（外からの関与なしに）止まるという意味でも自然だといえるだろう。

科学と技術と経済が結びついて世界を動かしている自我中心の現代では、一切が——生命にいたるまで——人為の管理と支配下に置かれるようになっている。ここでは老いて死ぬことは、本来はあるべからざることだがやむを得ない敗北である。つまり我々は自我による近代文明・文化の圧倒的影響のもとに、人間的本性とその自然の開展ということを見失ってしまったのである。

科学的・技術的・経済的言語また機械文明の外にある「人間的本性」など、もはや気づかれてすらいない。しかしそれは近代が人間の本性を見失ったままでのことであって、自我より深い人間的本性と自然が失せたわけではない。といっても、これは自覚されなければ活性化されない。外を認識・支配することに専念して、内を自覚することを忘れた近代が見失い、それゆえ、ないも同然となったものである。

しかし、かつて東西の古典が正確に把握していた人間的本性とその自然の開展の経過を、改めて自分の生に即して自覚し実感するならば、老いと死とは、生きている間は生きることをあくまで大切にしながらも、しずかに受容し、迎えることのできるはずのものである。与えられた生を全うするのは尊いことだ。しかし病いによる死の場合も、基本的には同様である。このような人間的自然の自覚ということは、自我を絶対化した現代が不当にも看過しているものであって、それを古典から学び現代に生かすことは古典研究に携わるものの急務だと思う。『老年論』を訳し、さらに「私の老年論」という蛇足を付した主たる理由はここにあったわけである。

（1）『禅学大辞典』（駒沢大学禅学大辞典編纂所、大修館、上、一九七八、下、一九七八）、中村元著『仏教語大辞典』（東京書籍、上、一九七五、下、一九七五）、『総合仏教大辞典』（法蔵館、一九八七）による。

(2) 前注参照。

(3) 鈴木大拙『無心について』(春秋社版『鈴木大拙選集』、第十巻、一九五五)、一四六―一四七頁。短縮して引用した。

(4) 前掲書、一一一頁。

あとがき

ラテン文学は、ギリシャ文学とは違い、あまり青年向きではないように思われる。情熱と冒険というよりは、経験と常識の産物で、華麗ではないが滋味があり、年配の人の静かな共感を呼ぶのである。本書もそういう意味で現代に語りかけ、読者を人生についての省察に誘うだろう。本書の出版については法蔵館社長の西村七兵衛氏、編集部の中嶋廣氏に大変お世話になり、感謝である。

訳　者

文庫版へのあとがき

キケロが尊重する「自然」についてなおコメントしておきたい。老人は、たとえば寝椅子に横になって、懐かしいこと、悔やまれること、さまざまな喜びや苦労、いまでも腹の立つことなど、追想にふけることが多くなるものだが、時には振り返って人生の意味を考え、そこからさらに、映像も音響も活字も遠ざけて、静かな瞑想に移るのも悪くはない。多彩な追想、なお起こる身の回りの煩い、もう長くはない余生への不安などすべて忘れ去って、心静かに意識を内面に集中し、老いの身ながら今でも身体の隅々にまで行き渡る生の営み、生命の流れに身を任せ、味わうのである。するとやがて身体の「自然」が実感されてくる。これは老境に恵まれる静寂と浄福の時で、壮年時代には気付かれなかったことだ。キケロは思索の人、瞑想には触れていないが、むしろここでキケロが強調した「自然」が分かってくる。訳者はすでに後期高齢者、それも先頭に近い。老年について語りやすくなったいま、『老年論』への賛として書き加えた次第である。

八木誠一

マルクス・トゥッリウス・キケロ Marcus Tullius Cicero　紀元前106年～紀元前43年。共和政ローマにおける政治家、哲学者。著述に『国家について』『法律について』『雄弁家について』など多数。

八木誠一（やぎ　せいいち）　1932年生まれ。専攻、新約聖書神学、宗教哲学。東京工学大学名誉教授、文学博士（九州大学）、名誉神学博士（ベルン大学）。著書に『パウロ・親鸞＊イエス・禅』など多数。

八木綾子（やぎ　あやこ）　1930年生まれ。津田塾大学卒、東京大学大学院古典学科修士課程卒（ラテン語、ラテン文学専攻）。訳書にウェルギリウス『田園詩』（抄）などがある。2000年歿。

老年の豊かさについて

二〇一九年一一月一五日　初版第一刷発行

著　者　キケロ
訳　者　八木誠一
　　　　八木綾子
発行者　西村明高
発行所　株式会社法藏館
京都市下京区正面通烏丸東入
郵便番号　六〇〇-八一五三
電話　〇七五-三四三-〇〇三〇（編集）
　　　〇七五-三四三-五六五六（営業）

装幀者　熊谷博人
印刷・製本　中村印刷株式会社

ISBN 978-4-8318-2603-9　C1197